Donde bailan los tiempos

Castellanos, Teresa
    Donde bailan los tiempos - 1a ed. - Buenos Aires : Vinciguerra, 2006.
    152 p. ; 23x16 cm.

    ISBN 950-843-654-9

    1. Narrativa Argentina. I. Título
    CDD A863

ISBN-13: 978-950-843-654-2

Fotografía de solapa: Marcelo Usandivaras

Diseño de tapa: *Cristina Gallardo y Teresa Castellanos*

© 2006 by EDITORIAL VINCIGUERRA SRL
Avda. Juan de Garay 3746 (1256) Buenos Aires
Telefax 4921-1212
www.e-vinciguerra.com.ar
E-mail: contacto@e-vinciguerra.com.ar

Queda hecho el depósito que marca la Ley 11.723
Impreso en Argentina. Printed in Argentina

La presente edición consta de setecientos cincuenta ejemplares.
Se terminó de imprimir en el mes de junio de 2006 en
Edili, Castro 1860, Buenos Aires, Argentina

Teresa Castellanos

DONDE BAILAN LOS TIEMPOS

VINCIGUERRA
el libro argentino

Al paso de papá y a los pasos de mamá
que todavía caminan por acá.

AGRADECIMIENTO

A todo y a todos los que hicieron y hacen posible mi existencia

A los que constituyéndome desde su amor, su amistad, su historia, su pensamiento, su visión, su poesía, sus dudas, sus incertidumbres y su certeza de tenerlas, hicieron posible que estas palabras resonaran, brotaran y florecieran a través mío como ese algo que está sin duda más allá de mí

A los que me alientan a confiar y a seguir más allá de la contradicción o el entendimiento.

A los que saben y a los que no saben lo importantes que son en mi vida.

A la infinita red de coincidencias que hizo posible que esto fuera dado a luz

A la maravillosa trama de la vida que hace que yo haya estado aquí, dándole cuerpo a los susurros de una historia y que vos estés ahí oyendo esa voz al leerla.

A MODO DE PRÓLOGO

OH! CURRENCIA

Beatriz me visitó una tarde, hace cuatro años más o menos, yo estaba esperando en algún lado, creo que era en un consultorio y se me apareció con todas las letras y con nombre e historia propia y una vez más como ocurre en esta magia de la escritura o la expresión , no me quedó más alternativa que tomar la birome y un papel de alguno con los que siempre ando y dar rienda suelta a las imágenes que en palabras precisas y concisas me eran como dictadas, sin "pienso" y sin alternativa. Yo una vez más le puse el cuerpo y me dejé ir en esa corriente gozosa y libre de palabras que se acomodan a su modo y a sus anchas para contarme.

Cuando llegué a casa lo leí, eran tres o cuatro páginas, la escuché, pasé a la computadora aquella irrupción de un ser para mí desconocido y familiar al mismo tiempo y lo dejé ahí, con la puerta abierta a la ocurrencia...

Y ocurrió que durante unos tres meses, cuando me sentaba a la compu a escribir la siempre interminable catarata de cosas que escribo, contesto, informo y todas esas cosas que nos ocupan todos los días, me aparecían imágenes en ráfaga que tomaban su lugar en esta historia que se iba tejiendo sin premeditación alguna.

Yo no sabía nada y además sentía que tampoco podía intervenir, no era mi historia, sólo pasaba a través mío. Me sorprendían los nombres con que se presentaban, la naturalidad con que hablaban, lo intenso de sus sensaciones, la precisión abstracta de sus descripciones, la impredictibilidad de su rumbo, la imbricación de sus asociaciones. Me gustaba, me sorprendía, me asombraba, me reconocía en lo que había de común conmigo y me desconocía en las anécdotas, en las historias con nombre propio y contundente cotidianeidad. Así llegamos como a la página sesenta, yo respetuosa de sus palabras, de su ritmo, de sus presencias y sus ausencias.

Y sobrevino una larga ausencia, (no sé si mía o de ella) y recién el año pasado cuando me sugirieron que presentara otra novela a un concurso, yo dije- No, esa no, hay otra que quizás tenga que salir ahora, está esperándome.

Y cuando volví de ese viaje empezó a aparecer, misteriosa, aventurera, cambiando de rumbos y paisajes. Yo ni siquiera había vuelto a leer lo anterior y cuando ya creía que no iba llegar a terminarla antes de mi nueva salida de viaje (allí tenía que llevarla para presentarla) me senté a la compu y no me venía nada, no me salía nada y bueno-me dije- no se termina. De pronto leí lo que había salido la noche anterior y dije- Ahora entiendo, no me sale nada porque ya está!

La imprimí tal y como estaba, tal y como está, y se fue conmigo en tres copias. Cuando en el viaje la leí no podía creer cómo la magia o eso que está más allá de cada uno de nosotros teje los hilos. Habían sido retomados sin conciencia ni recuerdo, se habían armado rompecabezas sin cabeza, y me descubrían y me des-cubrían en eso que soy y en las historias que no son las mías.

Y siento eso. Que salió a través de mí, como los hijos, que son nosotros y no son nuestros, que salen de nosotros pero nos sorprenden en sus historias y acciones y reacciones y sentimientos... y son otros... de los que sabemos sólo lo que nos dejan ver y percibimos al mismo tiempo como esa cosa entera y misteriosa que nos lleva dentro...

Ha sido muy gozosa su aparición, porque eso ha sido, yo sólo he sido el canal y quizás la matriz donde fecundaron las infinitas semillas que la vida me ha regalado, pero la gestación y el parto estuvieron más allá de mi gobierno, y ni siquiera le retoqué el maquillaje. Está tal cual salió. No corregí, ni seleccioné, ni cambié nada; ni una coma, ni una palabra, ni un espacio, ni un orden, Respeté totalmente el orden y la forma de ocurrencia. Así que lo que me ocurre es que hablo de ella como si fuera de otro, como si no fuera escrita por mí. Una vez más yo sólo le puse el cuerpo, los cuerpos y el respeto por lo que había venido, tal y como era!!!!

Lo que una vez más sé, es que si lo hubiera querido hacer no hubiera podido así y que si lo hubiera pensado no tendría la fluidez que hoy percibo. Y eso me maravilla!!! Y me pone de nuevo en mi lugar de partícula ... imprescindible e irreversible, única.... y sin ningún control sobre la vida ....más que la entrega, la disponibilidad... que tampoco es voluntaria.

Ojalá la disfruten como yo. Gracias por leerla.

Teresa Castellanos

13

Sentada en el sillón perdió la noción del tiempo, casi hasta del espacio. El pensamiento laberíntico arremetió contra todas y cada una de las aristas de la historia. Era tal la velocidad del desfile de imágenes enganchadas, que asirlas o hacerlas expresables era una empresa inútil. Pablo aparecía aún con alguna incidencia, qué absurdo, una historia tan largamente terminada y por otro lado, tan absurdamente poco feliz, pero no había desaparecido... El tiempo liberado de obligaciones y compromisos y la inútil protesta de Ana. No tenía sentido... y el dolor, tironeando, haciéndose protagonista, no sólo en una dimensión física, muscular, orgánica; abarcaba la emoción empobrecida o imprevistamente exacerbada. De Mauricio no quiso ni oír, pero ¿y si tuviera razón? Esa desmadejada ingenuidad era irresponsable, quizás una forma más de negar la realidad, el afuera... pero, ¿por cuánto tiempo estaría afuera? ¿y Ella? ¿Dónde estaba, en el adentro de quién o de qué? ¿En el afuera de cuántos y de qué modo? La expresión sobradora de su padre le oscureció la claridad de la pregunta. Siempre una era chiquitita, objetablemente ciega ante la evidencia racional de la inferencia, quizás por eso desarrolló esa insaciable necesidad de saber, esa gimnasia incesante en la observación. No quería volver a sentir la pequeñez de la ignorancia de lo obvio... y quizás supo demasiado, a César le indignaba esa respuesta permanente, o quizás la inevitable dispersión o simultaneidad que era su costo. Todo esto es lo mismo en definitiva, la imposibilidad de la entrega exclusiva, aunque fuera transitoria, pero exclusiva...

La voz de la secretaria sonó lejana —Sra. de Planas, su turno, el Dr. la espera. —Como despertando de un sueño muy pesado, se levantó y con una sonrisa ausente dijo gracias.

El consultorio estaba igual que siempre, asépticamente impersonal, luminosamente frío. Gerardo se acercó con la cariñosa distancia profesional que lo caracterizaba.

—Beatriz, disculpame si te hice esperar pero a veces es inevitable. Vos sabés como son estas cosas.

—No te preocupés, ni me di cuenta. ¿Tenés los resultados?

—Sí, pero ¿viniste sola? Creí que Mauricio te acompañaría.

—Está de viaje. Hoy debe estar en New York supongo, sólo cinco días. Tenía que "cerrar unos temas" como dice Él. Vuelve el sábado.

—Antes lo envidiaba, siempre por el mundo... Hoy ya no sé si tanto, será que me estoy poniendo viejo pero ¿sabés? me encanta estar acá, llegar a casa.

—Bueno, la tenés a Celia y ahora están los chicos. A él también le gusta menos ahora, dice que está cansado del yiro pero te confieso que no sé si creerle. Decime, Gerardo, ¿qué pasó? me parece que me estás evitando.

—Siempre la misma, directo al grano y por supuesto, sin perder detalle. Está bien, lo mismo tenemos que llegar y con vos puedo ser claro. Desgraciadamente se confirmaron mis temores. La biopsia no dio bien. El tumor es maligno y desgraciadamente no está encapsulado. Tenemos que abrir lo antes posible.

—¿Qué tiempo me das?

—Quisiera a más tardar operarte el miércoles, quisiera que estuviera Mauricio.

—No, ¿qué tiempo me das de vida, sin hacer nada, sin operaciones, sin quimio, sin nada, de vida en serio?

—Pero Beatriz, es absurdo.

—Quiero el tiempo, Gerardo. Es mi decisión. Sólo mía y por favor no me compadezcas.

—Sin operarte no creo que sean más de seis meses. Si operamos y logramos sacar todo, bueno, se puede ver. Además tendremos que intentar la quimio y la radio, a veces funciona.

—Eso no es vida. Es anticipar la muerte, anticipar la degradación. Quiero los síntomas.

—¿Por qué mierda sos tan dura? Perdoname pero no puedo verte así, como si se tratara de otro, sos vos. ¿Por qué no esperás un poco para tomar decisiones? Está bien, está bien, de todas maneras vos lo sabés: pérdida de peso, pérdida de la capacidad respiratoria, asfixias, dolores fuertes, cada vez más intensos hasta que, o te falle el corazón o ya no tengas más aire, posibles hemorragias.

—Gracias, Gerardo, te llamo el lunes. Ah, una cosa más, no se te ocurra decirle a nadie. A esta noticia la doy yo y cuando quiera... o pueda. Un beso a Celia y no te preocupés, ya veré qué hago.

—Beatriz ¿estás segura de que querés irte ya? ¿querés que te acompañe?

—No, en serio, gracias, necesito estar sola.

El cuarto era inmenso y la luz entraba a raudales por la ventana. Luisa ya había ordenado y no había dejado rastros de la casita que, hecha con sillas y puertas de placard, había poblado el cuarto y los sueños. Mario era el papá y yo por supuesto la mamá. Tenía seis hijos preciosos a los que amorosamente daba de comer y retaba con suavidad cuando se portaban mal. Me sentía plena, importante, con unos zapatos taco alto siete números más grandes que mis pies y una orgullosa boca profundamente colorada. Era grande y feliz, un sueño, como tantos otros.

Esa noche había mucha gente. Varios, para Pablo, eran perfectos desconocidos, típica de Inés esa mezcla de grupos y de razas, no étnicas por supuesto, sino que los distintos grupos de Inés eran como gente de distintas razas, caracteres tan definidamente diferentes; y ella al medio, ligando, presentando, ambientando... Una perfecta alquimista del espíritu y la cultura, decía Mechi con un dejo de envidia encubierta.

Pablo se preguntó una vez más para qué mierda había ido. En el fondo sabía por qué. Las reuniones de Inés eran un desafío a su mundo confiablemente encerrado de gente conocida, de actuares predecibles, de absurda confianza; en el que, por otro lado, ya todos más o menos, tenían su vida hecha. No importaba mucho si era también hecha bosta, pero hecha. Él circulaba por allí sin pareja fija, con un bagaje asombroso de respuestas cultamente elaboradas y un sinnúmero de lugares concienzudamente conocidos a lo largo y ancho del mundo occidental y cristiano; un tipo interesante decían, perdonándole quizás por eso un alto porcentaje de neurosis.

Beatriz lo atrajo como un imán. Intentó resistir con el miedo propio a lo intenso de lo ajeno. Fue inútil. Casi sin darse cuenta se encontró preguntándole a Inés sobre ella, con una excusa por supuesto. En pocos segundos más se había entregado como un idiota a la fuerza de su mirada que lo penetraba al son de una personalísima interpretación sobre la conceptualización de la figura en el expresionismo abstracto. En realidad estaba hablando de otra cosa, estaba nombrando otros espacios, esos que él se ocupaba de guardar celosamente ocultos, reservados para sí y sus miedos y sus ganas. En definitiva todo lo que lo mantenía al borde, lo que es casi decir al margen.

Cuando logró sortear la compañía de la horda y quedar como casualmente solo con Beatriz, no supo cómo decirle que había entrado a su espacio subrepticiamente. No hizo falta porque ella siguió nombrando cada centímetro, aunque nominalmente hablara de cosas que para otros podían ser tan abstractas como el expresionismo.

La distancia de allí a la intimidad transcurrió en la misma clave sutil pero firme. Beatriz fue su mañana, su refugio, su escucha, su admiradora, su cómplice. Pablo, deslumbrado, sorbió gota a gota la fuerza que ella ponía en cada gesto, en cada palabra, en cada caricia. Él, por su parte, aportaba el asombro de descubrirse en ternuras impensadas, en entregas imprevisibles y en una guardia tan baja que podía prescindir de toda la elaborada trama intelectual.

El mundo entonces eran sólo ellos dos, aunque se desplazaran por variados escenarios y prodigaran los parlamentos necesarios para que continuara cada función. Sólo valía su código. Sus tiempos transfiguraban el orden del almanaque. Inés, esa perfecta alquimista del espíritu, como decía Mechi, los miraba y veía cómo se consumía el oxígeno mientras ellos, enredados en su juego y en su fuego, desconocían las leyes básicas de la respiración.

Camino, necesito caminar y pensar y sentir que estoy caminando, que mis pies se apoyan alternadamente en este piso desparejo de las veredas del centro. Que cada paso tiene impulso, que todavía soy yo la que se mueve, se desplaza, avanza; que todavía yo soy la que decide el rumbo y que mí cuerpo todavía me obedece como si estuviera bien, como si no tuviera ese otro cuerpo creciendo indómito dentro de mi, desafiando enloquecidamente el meticuloso orden de la genética, ocupando mi espacio, mis funciones, mi futuro. No tengo que dejar que también degenere mis sentimientos, no voy a dejar que me invada hasta las emociones; esa puta cosa es sólo tejido, no puede tomar lo inasible, quizás pueda tomarme a mí, quizás pueda dejarme afuera de este azaroso juego que es la vida, pero no lo voy a dejar que arremeta con mis sueños. Tampoco con mis recuerdos; voy a preservarlos, voy a salvarlos antes de que las fuerzas se me extingan, antes de que el peso no me alcance, antes de que el aire se me acabe y antes de que el dolor me anestesie y antes de que la sangre se me escape y antes de que el corazón me falle. Voy a salvarlos.

Camino, siento el aire que baila mi cara, siento el impulso que tiene cada paso, cada flexión, cada articulación cuando se desplaza dentro de su límite, cada irregularidad de la baldosa y siento el miedo, sí, también siento el miedo a esta muerte tan desconocida, tan ajena aunque sea la mía. Tengo que concentrarme en caminar. Espero el semáforo, está colorado, prohibido, pero es una prohibición transitoria, después viene el verde que me da vía libre. Bajo el cordón y mido la distancia entre las líneas blancas que señalan la senda del peatón. Eso soy yo: un peatón; que feo queda decir peatona, pero bueno, de uno u otro modo, camino. No sé si voy a decirle esto a Mauricio; a Ana seguro que no por ahora, pobre mi Ana, tan contestatariamente dulce, tan ajena a tantas historias mías que sin darse cuenta hoy recrea... no, no voy a decirle nada por ahora. huy, ya es de noche no sé para qué le pregunté los síntomas si yo los conozco de memoria. Esto es como volver el tiempo atrás, pero la que estaba en el consultorio de Gerardo esperando el diagnóstico era mamá, yo estaba con ella... y estuve en cada quimio, en cada ahogo yo sí sé lo que es este camino pero ahora la protagonista soy yo...

La casa le pareció ajena, ya no sentía como propios ni el espacioso living con las puertas ventanas al jardín ni cada uno de los adornos que con tanto amor había elegido en cada oportunidad. Quizás éste era el principio del desapego que le sería necesario para transitar la muerte, qué mierda, ya estaba de nuevo intelectualizando, así era más fácil, manejarse con ideas, pero la muerte no era una idea, por lo menos no la suya y menos aún la enfermedad, eso era peor que la misma muerte. Se sirvió un whisky y lo apuró de un trago, inmediatamente se sirvió otro, a éste le puso mucho hielo y se dispuso a paladearlo lentamente. Ya eran la nueve, Ana no tardaría en llegar, no quería que percibiera su desasosiego, no quería decirle nada por ahora y tampoco tenía ganas de fabricar una mentira, lo mejor sería que se fuera a dormir, o que por lo menos la encontrara viendo una película, sería mas fácil fingir interés.

Ana había heredado su pelo y su sonrisa, los ojos eran azules como los de Mauricio y tenía también su fortaleza y ese modo dulce que desarmaba, en realidad eso fue lo que la enamoró de Mauricio, quizás porque venía de una historia tan fuerte como la de Pablo. Era tan concreto, tan directo, tan cotidiano, tenía la naturalidad del pan fresco, esa cálida sencillez del mignon calentito de la mañana; a veces extrañaba los complicados argumentos que sostenía con Pablo, pero apenas dejaba asomar la sensación, se quedaba en el abrazo contenedor de ese Mauricio que no se enredaba en complicados conceptos sino que con la obviedad del sentido común, la volvía al real reino de los vivos. Dentro de poco ése ya no sería su reino, no, ya no sería ni reina ni esclava, sólo un recuerdo, una falta, una ausencia con distintas cargas según de quien se tratara.

Se sirvió otro whisky más, esta vez casi sin hielo, en una de esas llegaba a ese estado previo a la borrachera en el que todo es liviano, divertido, casi inexistente.

El cáncer siempre había sido ajeno, aún el de mi madre tan dolorosamente cercano, era ajeno, era algo que le pasaba a los otros, como el sida o cualquiera de esas cosas terribles que en el momento que ocurren nos hacen decir le puede pasar a cualquiera, pero en realidad sentimos que no es nuestro, que no nos va a tocar, no a nosotros, no a mí, ¡que burla! ¡que mentira!, está aquí, instalado en mi cuerpo, agazapado detrás de esta estúpida tos de fumadora, oculto detrás de mi físico bien proporcionado para mi edad, de mi piel todavía firme, de mis ojos luminosos y de esta fuerza arrolladora con la que enfrento todo lo que me toca; pero está, firme, creciendo más allá de mi voluntad o de mi fuerza para combatirlo. ¿Cómo voy a hacer para decírselo a Ana? ¿y a Mauricio? cuando quiera, cuando pueda le dije a Gerardo, pero no sé cómo, no sé cuándo podré...

El sol de enero despuntó temprano y con fuerza. La ilusión de la cabalgata casi no la había dejado dormir. Hoy llegarían hasta la aguada; allí acamparían para seguir al día siguiente hasta Los Olmos, espero que mamá no se arrepienta. Me muero si esta vez no me deja ir, me tengo que vestir rápido así no le doy tiempo. Delante de los demás y ya con todo listo no va a poder decir nada. ¿Y si se da cuenta de que me gusta Esteban? Ahí nomás me deja en casa, bueno, Mario me va a ayudar, como siempre, aunque me parece que a él no le gusta demasiado que Esteban me busque; todo el tiempo está diciendo que es demasiado grande para andar con nosotras; pero bueno, con Mario yo me arreglo.

Salimos sin problemas, mamá nos despidió emocionada de vernos tan entusiasmados, de todas maneras estaba tranquila porque iba Mario que sabía nos iba a cuidar. Esteban llegó más buen mozo que nunca, el pelo mojado por la ducha, las bombachas y las botas relucientes y los ojos brillantes de alegría, me tembló todo de sólo verlo pero aparenté la mayor indiferencia, ya tendría tiempo de deleitarme mirándolo arriba de su caballo y fuera del alcance de la celosa mirada de mamá. Esta vez éramos diecisiete los que orgullosos partíamos arriba de nuestros caballos sintiéndonos aventureros arraigados a la tierra.

Concientes de la fuerza de la parada arrancamos todos juntos a paso rápido, al sofrenar los caballos a la vez alardeábamos y sofrenábamos nuestros ímpetus, nuestra ebullescente adolescencia, nuestro creído poder...

María Luz se puso a mi lado, desbordada de alegría y complicidad me dijo—está divino, no le des tregua—yo la miré riéndome y pretendiendo cierta indiferencia le contesté —todo a su tiempo—y arranqué en un galope desafiante e invitador.

Ni lento ni perezoso, Esteban respondió al desafío y despuntó un galope brioso que lo puso a mi lado en un segundo. Y yo lo miré y clavé mis talones en Mochuelo para salir en sibilante vareada; mi cuerpo se hizo uno con el galope y cruzamos el aire acompasados en un vaivén estirado y vertiginoso y el viento en mi cara y el ruido urgente de los cascos sobre la tierra y la conciencia de ir cada vez más rápido, cada vez más leves, cada vez más lejos de los demás, cuyo galope resonaba sordo, amortiguado por la distancia. Los árboles empezaron a ser una línea continua, sin separaciones, el viento empezó a silbar fuerte en mis oídos y sentía mi cuerpo como una flecha cada vez más inclinado en paralelo al lomo de Mochuelo ... De pronto me asustó el júbilo y la velocidad y esa sensación de perderme, de ser uno con el caballo y con la carrera, quise frenar, me incorporé y bruscamente tiré de las riendas. Mochuelo liberado a su juego sin fronteras respondió doblando y yo, ya separada y rígida salí disparada como flecha y sólo durante un instante sentí destrozarse de dolor mi costado contra el camino. Después no sentí nada, la oscuridad, el infinito.

La oscuridad, el infinito... hay mañanas en que realmente se me presentan como una entidad corpórea y sustanciosa, aunque abra todas las ventanas y prenda todas las luces, me siento tan abismalmente lejos de esa Beatriz adolescente enamorada de Esteban. ¿Por qué habrá aparecido el recuerdo de esa cabalgata que terminó con mi no iniciado romance con Esteban y con una conmoción cerebral?

A veces en estos días flotan las imágenes de diferentes momentos de dolor, pero siempre vienen acompañados de recuerdos de momentos de alegría o por lo menos de gran intensidad. Siento el tiempo como esa gozosa carrera sobre el lomo de Mochuelo, como la recta sibilante antes de la caída. ¿Será quizás que esta vez no tengo que ponerme rígida para no romperme al caer o que no tengo que tirar de las riendas o no separarme? Quién sabe... desde que volví de lo de Gerardo no hago más que perderme en divagues que no sé si realmente me ayudan. Lo cierto es que ya han pasado cuatro días y yo no le he dicho nada a nadie. Por ahí tengo ganas de hablar con Mario, pero no puedo decirle nada a él antes de hablar con Mauricio y todavía no puedo, no quiero verlo desencajarse, ni quiero que empiecen a tenerme lástima ni a intentar tomar decisiones por mí, ni que intenten convencerme de la quimio, quiero todavía tener una vida de persona, ser tratada de igual a igual, ser todavía Beatriz y no el cáncer de Beatriz, ¡ay Dios mío! la cabeza me explota de tanto dar vueltas a cada cosa y sigo, para afuera, como si nada pasara...

La llamada la tomó desprevenida, atendió sin darse cuenta como viniendo de otro mundo, cuando reconoció la voz de Mauricio quiso sonar mejor, como si fuera un instrumento al que apretando las clavijas se lo pudiera afinar, pero no era una guitarra y sonó esforzadamente alegre.

—Hola mi amor, bien, bien. Nada, sólo que estaba un poco distraída. Ahora, nada en particular, sólo que no sé si tengo muchas ganas de salir, Bueno, bueno te espero a las diez entonces, un beso.

Sabía que Mauricio sacaría el tema, no era ningún tarado como para no darse cuenta de que algo le estaba pasando y la conocía lo suficiente como para saber que era importante, había esperado para darle su tiempo pero ya no lo iba a dejar pasar más.

Abrió la canilla de la bañadera, puso las sales y esencias que tanto le gustaban, prendió a Serrat para que le cantara, un whisky doble *on the rocks* y empezó a sacarse lentamente la ropa mientras el espejo del baño iba empañando gradualmente su figura. Como en una solemne ceremonia se metió en la bañadera humeante y perfumada y se quedó allí flotando en el vapor dejándose ir en el placer del agua caliente que la contenía, la abrazaba, la hacía sentir liviana y relajada.

Mauricio comprendería su demora en decirle, su resistencia a decirlo en voz alta, callarlo era una forma de mantenerlo en la irrealidad, pero él sabía... La otra noche la había abrazado de una manera... ¿y cuando llegó de New York? por más que bromeara sobre el extrañamiento que provocaban sus viajes, supo que había algo más en su desesperada forma de hacer el amor... la conocía tanto que con él no podía disimular; pero también conocía su extrema necesidad de manejar sus tiempos, además creo que en el fondo él también prefería no oírlo todavía... era una forma más de mantener la esperanza de que no pasaba nada.

Pero bueno, todo tiene un límite, como la vida, y ahí estaba el de Mauricio. ¿Y el de ella? ¿Se seguiría manteniendo en su decisión de no operación, no quimio, no rayos? ¿Resistiría a los pedidos de Mauricio de intentar una salida? No sabía, en realidad no sabía nada, sólo que sentía que el agua se estaba entibiando, que Serrat había dejado de cantarle la nana de la cebolla y que el whisky había llegado a su honorable fin. Se tomaría otro para tomar coraje.

El día estaba fantástico, el sol sobre la montaña hacía brillar las piedras como diamantes y las pajas bravas se movían suavemente como abanicando el cielo. Como todos los años había un montón de gente para la yerra. Ya habían empezado con la esquila en los corrales del norte porque se escuchaban los balidos. A mí siempre me había producido una mezcla de exitación y pena, así que me demoré en llegarme hasta allá. Mientras me tomaba unos mates con Serafina, la puestera que ya estaba viejita y arrugada de tanto invierno, vi acercarse a Manuel con un tipo que no conocía, no estaba nada mal, era grandote y se venía riendo. Me encantó su forma de reírse.

—¿Sabés quién es? —le pregunté a Serafina.

—Es un amigo de don Manuel —anda viniendo seguido por aquí, dice que le gusta mucho el sitio y no se le ha visto mujer, niñita.

La cara de Serafina era un solo guiño, yo me sonreí diciéndole —no vas a cambiar nunca, vieja.

En ese momento llegaron Manuel y Mauricio, quienes al escuchar mis últimas palabras se prendieron preguntando

—¿En qué tiene que cambiar Serafina?

—Pero ve si serán metidos los señores —contestó rápido la vieja— esas son cosas entre la niña y yo.

—Primita, quiero que conozcas a Mauricio, es un gran

amigo al que había perdido de vista por años, me lo encontré en un avión hace unos meses, le he hablado mucho de vos —dijo Manuel con cariño, a él también le gustan los caballos, le contaba de nuestras cabalgatas de chicos. Lindos tiempos, ¿no?

Mauricio a todo esto me miraba entre deslumbrado y risueño.

—Bueno, por fin conozco a la famosa niña Beatriz, por aquí todos hablan de vos.

—Vaya a saber lo que dicen —contesté yo a modo de saludo— no les creas todo porque suelen exagerar.

—Hasta ahora no le han errado, lo demás ya veremos —me dijo prometedoramente.

La yerra siguió su curso y nosotros no nos perdimos nada. Como en años anteriores, me ofrecieron montar un ternero, no sé porqué ese día me dio cosa y se lo ofrecí a Mauricio que, aunque no lo había hecho nunca antes, se mantuvo bastante sobre la grupa y recibió un aplauso cerrado de todos y un entusiasmado beso mío.

Con la mayor naturalidad me abrazó y me retuvo así toda la marca, yo entre confundida y fascinada sentí que ese era mi lugar, no sabía bien quién era pero quería que no me soltara nunca.

Y no me soltó, y tampoco me va a soltar esta noche hasta que no le cuente, hasta que yo no me suelte en él y derrame todo este dolor encima suyo y sé que no va querer soltarme para que me agarre la muerte, pero bueno esta parca señora ha venido siendo más fuerte que él hasta donde yo conozco.

Me voy a vestir de blanco, sí, ese vestido que me compré en el *sale* de Liz Claiborn, me acuerdo que a Mauricio le fascinó cuando lo estrené, me dijo que tenía algo de hada esa noche, en una de esas me da la magia suficiente, ay mierda, siento que no puedo decirlo en voz alta, no puedo oírmelo decir, una cosa es decírmelo con el pensamiento, hasta escribirlo, pero siento que si lo digo fuerte, si se lo digo a alguien, se vuelve real e irreversible.

Dios, esto es como una pesadilla, yo eligiendo un vestido blanco para ir a hablar con mi marido de mi futura e inexorablemente cercana muerte. Quiero despertarme y darme cuenta de que todo fue un sueño.

Era de tarde y ya vivía sola en la casa de Las Colinas, el cielo estaba gris plomizo, el cassette se había terminado abruptamente sin terminar la canción.

La angustia o una sensación parecida se descolgó de pronto invadiendo prácticamente todo el territorio de la existencia. En solo un minuto se tensaron los músculos, el vacío se hizo dueño de su cuerpo y un temblequeo casi imperceptible le agitó cada uno de sus músculos. No había nada específico en el afuera a lo que le pudiera adjudicar tal reacción, pero indudablemente el cúmulo de cosas estaba haciendo peso y el balance, a sus veinticinco años, se tornaba negativo.

Intentó sonreír, hacerlo casi naturalmente, para que la sonrisa se le extendiera por el cuerpo desarrugando los pliegues de la angustia. Se aflojó un poco. Se estiró como un gato. Se sentó al frente de las vísceras y comenzó a hablarles como si esto fuera natural fuera del ámbito de una sesión de terapia gestáltica. No importaba ya la cordura, sólo quería el alivio, llegar al fondo de la cosa para poder afirmarse y salir...

El diálogo con ellas la llevó directamente al origen, el miedo, y no le quedó otra que meterse en él.

—Soy el miedo, ¿que cómo soy? Todopoderoso, si no fijate, puedo pararte donde quiera, te hago creer lo que se me ocurra, hasta cosas tan absurdas que ni un bebé las creería, sin embargo cuando yo actúo, vos tan racional e inteligente, te las creés y actuás en consecuencia, ¿que si me gusta ser así? no mucho pero qué querés, no me queda otra, si vos siempre me estás alimentando y además me estás desconociendo; y entonces ¡zas! yo tengo que hacer algo más fuerte para que me veas, para que te des cuenta de que yo existo y que manejo un montón de variables en tu vida. Pero no, vos seguís, hacés cosas temerarias para desafiarme, te arriesgás innecesariamente pero ¿sabés una cosa? es una trampa. No, no soy yo el que te hago trampa, sos vos. Sos muy valiente para meterte en cualquier lado menos en el corazón, ah, sí, ahí te cagás entera y entonces yo me hago la fiesta y me extiendo tomando todos los disfraces que con tu fantástica imaginación me ponés a disposición. Admití que te sirvo. Mirá todo lo que has evitado conmigo. ¿Que no querías evitarlo? Vamos, no seamos ingenuos, si ni siquiera te querés asomar a mirarme, porque si me ves vas a tener que reconocerme. Te vas a acordar de mí, de cuando nací y no querés porque, claro, la niña no quiere sufrir y vos sabés bien que yo nací del dolor, del desamparo y de eso mejor no acordarse, ¿no?

Dale, seguí jugando a la niña perfecta a la que nunca le faltó afecto y seguridad, dale, mirá como crezco cuando vos hacés eso, pero claro, eso duele y a vos no te gusta que duela, mejor ponerse la coraza de la eficiencia, ¿no? A mí qué me importa si total yo me vuelvo poderoso, cada vez más fuerte, cada vez más grande, me vuelvo tu dueño, aunque no lo reconozcas ¿Que no querés ignorarme? Bueno, entonces conoceme, re-conoceme, soy parte tuya, nací en tu historia y además me necesitás porque soy el que te proteje de muchos riesgos. Pero ¿sabés?, yo también estoy un poco cansado, porque como me has fijado, no tengo descanso; aparte me has desnaturalizado y eso no me gusta mucho; yo tenía sólo que avisarte de ciertas situaciones y como me has instalado permanentemente en la trastienda, ya no estoy alerta, estoy echado, instalado en un sector y ya mi trabajo es una rutina tediosa, además nadie la reconoce, nunca nadie me ve, nunca soy el protagonista, y eso es un poco aburrido, ¿no te parece? Siempre estoy frenando, neutralizando, pero nunca salgo de golpe, espontáneamente, nunca te hago gritar, ni temblar, ni abrazarte o prenderte de otro para pedir ayuda, ni te pongo pálida, ni te desorbito la mirada, ni te hago correr alocadamente, sólo te pongo elegantemente al margen, ya ves, es un opio, aparte, hace veinticinco años que hago lo mismo, casi te diría que ¡¡¡es insoportable!!!

En este punto las lágrimas se le habían aflojado y se derramaban como lluvia por la cara, ya no era la joven segura que todo lo sabía, sino un pobre pollo mojado arremolinado entre las lágrimas y el desconsuelo. Y no estaba allí el terapeuta para protegerla, ni para abrazarla, estaba sola, clamando por unos brazos que la arrullaran y una voz suave que la consolara. Se le sucedían como en un caleidoscopio las imágenes de la indefensión, del desamparo y sentía que la voz no le salía para pedir ayuda, que no podía moverse.

El sonido del teléfono irrumpió intempestivamente, parecía venir de otra galaxia. Como pudo, se incorporó y llegó a atenderlo, era quizás su oportunidad, en ella se jugaba la vida.

La voz de César la tocó con un hola entusiasta y confiado, el suyo salió tenue como el suspiro que en el fondo era.

—¿Qué te pasa, mujer? parece que venís de la tumba.

—Es mas o menos así, ¿dónde estás?

—En la oficina, te hablaba para que comiéramos juntos esta noche, pero por Dios, vos estás muy mal, ¿qué pasa?

—Nada, no pasa nada, pero ¿podés venir ahora?

—Por supuesto, dame diez minutos para cerrar algo y voy para allá; ¿estás segura de que no pasó nada?

—Seguro, no tiene que ver con eso, sólo necesito un abrazo y poder llorar, ¿venís?

—Ya voy. Esperame, un beso.

Saber que venía César la tranquilizó un poquito, aunque no sabía cómo se había animado a pedirle, llorando casi, que viniera, sabía que podía contar con su pecho grande y generoso para cobijarse. De alguna manera él siempre había estado ahí, más cerca o más lejos según las épocas, pero era alguien en quien podía confiar, alguien que sabía consolar sin pedir cuentas.

El agua empezó a hervir. Se quedó mirando las burbujas que después de subir se desarmaban en alegres borbotones, quería ser una de ellas. Finalmente echó el café y esperó que bajara la borra. En definitiva, todo en la vida era una cuestión de subir y bajar... El subeybaja de la infancia el subeybaja del amor...

Cuando oyó los pasos en el jardín fue directo hacia la puerta y sintió que se le agolpaba un océano de lágrimas en los ojos, abrió y sin decir nada se abrazó con fuerza al cuerpo de César. Mientras él le acariciaba el pelo con ternura y le decía —vamos, mi chiquita—. Sintió que nunca iba a parar de llorar, que necesitaba quedarse guardada en ese abrazo, que podía abandonarse, que Él podía protegerla, consolarla, acunarla...

La llevó hasta el sofá y la sostuvo, la contuvo con caricias tiernas, con palabras apenas murmuradas, secándole las lágrimas, primero con sus dedos fuertes, después, con besos suaves a los que ella respondía con un abandono cálido.

No hubo demasiadas palabras, el abrazo pasó a ser caricia, los cuerpos se estrecharon, se pegaron, se frotaron; los labios ya no enjugaron las lágrimas sino que buscaron la otra boca y las lenguas, urgentes, se enlazaron, hurgaron, reclamaron, recorrieron hambrientas cada recoveco... y furiosa y desesperadamente fueron uno, acompasados en frenético jadeo, esperándose, llamándose, explorándose en los límites del gozo, renovándose en cada vuelco, en cada contorsión en cada espasmo... en cada vuelo.

Abrazados, sin fuerzas, llegaron al silencio.

Sintió que había cruzado una de las fronteras del miedo, se sentía pisando un territorio nuevo en el que no se sentía tan extranjera. No quiso pensar, no dijo nada y se acurrucó en los brazos ahora casi laxos de César y se permitió un sueño lento.

La mañana siguiente los encontró aún acucharados, como si esto fuera parte de la cotidianidad, al despertarse tomó conciencia de su cuerpo tibio, de la no sensación de soledad, de la ternura inmensa que le despertaba su confiado abandono. Él se movió aún dormido y ella aprovechó para darse vuelta y mirarlo.

Sólo tenía veinticinco cuando empezó esta otra historia con César, antes habían sido fielmente amigos, en realidad se acordaba más de esa época en la que él apoyaba su trabajo, se sumaba a sus delirios, la apaciguaba en sus impulsos y se indignaba ante su respuesta permanente. ¿Alguna vez vas a decir no sé? le preguntaba exasperado, siempre te estás exigiendo, mirando, haciendo, metiéndote en todo lo nuevo que pueda haber, algún día tenés que parar y darte tiempo para estar tranquila. Ella tiene solución para todo, decía ironizando y sin embargo la niña está sola, claro, no le queda tiempo suficiente para quedarse con alguien, pero ella tiene que saber... Después se calmaba y se plegaba a sus ritmos frenéticos de actividad y variedad, si estrenaba una obra de teatro experimental, ahí estaba él en primera fila aunque no fuera lo que en realidad le gustara, si se metía en los cursos de filosofía existencial que terminaban a las mil y quinientas, él la esperaba para que no se volviera sola, por más que le pareciera el existencialismo una soberana estupidez. Cuando se metía a plomera por impaciente, se sulfuraba diciendo, ¿hasta esto tenés que saber? llamá a un hombre ...

Y fueron años así; de más cerca o de más lejos siempre me estuvo cuidando, merodeando mis fisuras y adivinando mis angustias, se bancaba mis salidas, me contaba las de él, sin importancia también; siempre colectivos y sueltos, siempre asociados pero independientes, hasta aquel día en que me agarró la crisis y las defensas bajas y le pedí ayuda al amigo y me encontré con el amante, el que me ayudó a vencer parte de mi miedo a la entrega. Sí, creo que sólo él podía ayudarme a confiar, a no sentir la entrega como algo tan terriblemente peligroso, tan definitivamente definitivo, como algo en lo que no necesariamente iba a perderme... Como algo que no había que saber, sino que había que hacer sólo siendo, sólo estando y dejándome estar... ay César... cuánta cosa; y yo hoy aquí con esta tos puta y esta vida que se me escapa, hoy también tengo miedo y, sabés, aunque estuvieras, no podrías enseñarme a compartir esto, la muerte no se comparte, una está tan sola con la muerte.

Ana entró sin golpear, como casi siempre —Má, ah, te estás cambiando, bueno no te importa ¿no?, me parece a mí o estás bastante más flaca, será que al fin cumpliste el régimen, pero ya no te hace falta bajar más.

—¿Te parece?

—Vamos, má, si vos sabés que estás rebien, ¿a dónde vas que te vas a poner ese vestido? es recopado.

—Tu papá viene en un rato para que salgamos a comer.

—¿Pasa algo especial para que te arreglés tanto?

—Nada, mi amor, sólo que tenía ganas de estar bien.

—Ah, má, yo justo venía a pedirte el auto, nos juntamos en lo de Vale para terminar la entrega y tengo que llevar un montón de planos, no te importa si te lo traigo mañana a la mañana, total vos salís con papá.

—Bueno pero mañana lo necesito a las diez y por favor Ana no se pasen toda la noche trabajando, tenés que dormir un rato aunque sea, no parás nunca.

—Bueno, bueno ya empezamos de nuevo, ya sabés que tengo entrega y no me queda otra, además ya me conocés, yo de noche resisto, ¿querés que te ayude con el cierre?, ya está, te queda divino má, estás bárbara, un besito, me voy, un beso a papá.

Salió sin cerrar la puerta, enfrascada en sus planes y en sus planos, la vio tan grande... pensar que en tres años más ya se recibiría de arquitecta, su sueño de siempre, pocas veces había visto una vocación tan definida, la conmovía esa mezcla de ingenuidad y madurez o más bien certeza con que se movía por el mundo. No se daba cuenta de lo que estaba pasando, si bien se había dado cuenta de la pérdida de peso, no se imaginaba ni por casualidad la causa. Mejor así. Ya tendría tiempo de sufrir y mientras ella más pudiera ahorrárselo, lo haría.

El dormitorio, siempre tan cálido, se le volvió de pronto helado, triste a pesar de las magníficas flores de las cortinas y las cubrecama, le había encantado el movimiento y la gracia del estampado. Ana siempre le decía que ella tendría que haber estudiado arquitectura en vez de filosofía, pero bueno a la decoración siempre la tuvo como hobby. En definitiva a la filosofía la usó como marco o background para sus otras actividades, tenía que ver con todo y le abrió puertas a la comprensión, al menos eso creía en otro tiempo. Apenas terminó filosofía empezó a estudiar psicología, no le resultó difícil la combinación y como era una traga compulsiva y tenía muchas materias comunes, a los 26 ya estaba trabajando como psicóloga junto con Inés. ¡Quién diría! Se sentía tan grande y experimentada en ese momento y era tan sólo una pendeja, cosas de la relatividad ...

¿Qué diría Inés de todo esto? Siempre había sabido ver más allá de ella, pero también siempre había tenido la prudencia y la sabiduría necesarias para llevarla a que ella se diera cuenta de lo que en realidad estaba pasando. Nunca recibió de Inés una sentencia; las preguntas o acotaciones reflexivas eran su arma más poderosa y encantadora; y en eso era realmente buena. Más de una vez extrañaba las largas charlas y la especial dinámica de cuando trabajaban juntas, si bien todavía se veían seguido ya ni la historia ni la relación eran las mismas.

Inés siempre puso todo su acento en el darse cuenta, en el aquí y el ahora, fascinada y deslumbrada como estaba por la Gestalt, pudo crear en su momento un nuevo modo de vida, y ella lo compartió y lo descubrió en la intensidad aguda de los laboratorios en los que puso el cuero, la emoción y el ser entero. En ese momento creyó que había llegado a ese lugar que uno cree que es el propio en el mundo, no porque sea fijo, sino porque importa una perspectiva desde una pertenencia, un reconocimiento. Después se dio cuenta de que las perspectivas son múltiples y simultaneas, que la pertenencia si bien es importante, también está absolutamente repartida entre los innumerables roles que asumimos, por gusto o circunstancia, y que el mundo es siempre nuestro lugar.

—Me estoy aburriendo —diría Inés— ya empezaste a darle manija a la intelectualización, ¿por que no te fijás en lo que te está pasando? —diría una vez más invitándome a enfrentar mis propios demonios—. ¿Qué estás sintiendo?

—Un hueco en la panza. Algo parecido a la sensación de hambre, pero me parece que no es hambre, o sí. La sensación es de vacío en el estómago ... ¿de angustia? Siento oleadas de calor, son sólo un momento, al siguiente tengo frío, ahora me corre un estremecimiento, casi un ligero temblor por la espalda, me cuesta respirar fácilmente, es como si el aire se me acabara muy arriba, no puedo llegar más profundo, se me cierra, no sé si el pecho o la garganta, siento ganas de llorar, siento la humedad de las lágrimas escapándose de mis ojos, querría estar serena y relajada pero siento todos los músculos de la cara tensos y una terrible presión en los ojos, es como una puntada que me taladra, se me nubla la vista, veo borroso y dolorosamente.

Finalmente pudo ver el reloj, como al descuido y se dio cuenta de que Mauricio ya estaría al llegar, se enjugó las lágrimas lentamente y de algún resquicio de entereza, sacó la compostura necesaria para la ocasión.

La luz de la vela titilaba al ritmo de las respiraciones. Las mesas ocupadas no eran muchas y daban, por la distancia entre ellas, la intimidad necesaria. Los manteles damasco hasta el suelo, las copas de brillante cristal y la música suavemente envolvente eran más una invitación a ejercer el juego de la seducción que a hablar de algo tan concretamente certero como la muerte. Se dejaron llevar por el encanto, por los sabores, por el vericueto de los ritos tan largamente conocidos entre ellos para disfrutarse. Sin embargo la mirada de Mauricio le hurgaba el alma transponiendo los umbrales de lo pendiente, de lo secreto pero supuesto.

De pronto las miradas se sostuvieron con intensidad en un punto sin retorno, el le tomó la mano con una dulzura infinita y con una voz roncamente sacada desde lo más profundo del dolor le dijo:

—¿Podés contarme ahora?

—No tiene vuelta Mauricio, es el pulmón, como mamá, y está muy avanzado, Gerardo quería operarme la semana pasada, le dije que no. No, no digas nada, dejame que termine porque no puedo, le dije que en principio no quería nada, ni quimio, ni rayos, ni nada que me destruyera por adelantado, quizás te lo deba a vos y a Ana pero no puedo, no puedo... y vos sabés que esto no ha sido dejarte afuera, es sólo poder digerirlo para poder oírmelo decir, para poder creer que es cierto. Ay mi amor ayudame, no se lo he dicho a nadie, es más, ni siquiera he querido atender las llamadas de Gerardo para saber cómo estaba, no quiero morirme ni quiero verte así, no quiero pensar en Ana pero todo me da vueltas, me pasa la vida entera por la cabeza y no sé qué hacer...

Las lágrimas se deslizaban suavemente mojando las manos de Mauricio que le apretaban tan fuerte las suyas que casi no podía resistirlo, nubladamente veía sus ojos desorbitados y tormentosos de tristeza y dolor, quizás los suyos estuvieran igual o peor. La voz le llegaba como un murmullo lejano y sólo distinguía un vamos, mi vida como entre tinieblas. Después el silencio pesado de la impotencia, la espera para pagar e irse, nunca debió haber hablado en un lugar así, necesitaban el abrazo, la intimidad del llanto, un escenario sin espectadores para este drama que no era ajeno ni se acababa al bajarse el telón. Aquí el telón era la vida y cuando llegara al piso significaría el roce de la muerte.

Mudos subieron al auto, la calle parecía un túnel solitario y oscuro, desierto y silencioso. Sólo las manos apretadas hablaban de la desesperación, el dolor y la impotencia. Necesitaban imperiosamente un abrazo que los contuviera, los encerrara resguardándolos de la realidad.

Pocas veces sentía esa sensación de quedarse sin palabras, cuando pasaba era grave, lo grave era lo que estaba pasando, no el que las palabras huyeran despavoridas o se quedaran atónitas de desmerecimiento.

Las palabras no le alcanzaron por primera vez cuando, siendo muy chica, se dio cuenta de que el mundo era mucho más ancho y más ajeno de lo que ella creía, fue a raíz de una estupidez, pero la sensación de no poder explicar, entender o simplemente contar había sido fuertísima. Tuvo que ver con un sueño que la despertó en mitad de la noche, ella corría sin aliento por un pasillo larguísimo y oscuro, al final se podía vislumbrar una luz muy intensa, pero cuando parecía que ya iba a llegar, el pasillo se alargaba más y la luz volvía a quedar lejos, sentía que ni las piernas ni la respiración le daban para más pero seguía corriendo con el peso del agotamiento encima, las palabras no le salían aunque movía la boca y tensaba los músculos esbozando un grito desesperado. Las paredes del pasillo eran ásperas y por momentos en su carrera enloquecida rozaba las superficies y sentía los raspones que se iban abriendo en sus brazos. Trastabillaba, mareada y sin aliento, pero seguía. De pronto apareció corriendo junto a ella la muñeca que le había traído el niño Dios cuando tenía cuatro años, era una mezcla de bebota tierna y dama antigua, quedaba ridícula en esta corrida con sus piernas de trapo flameando con desesperación y sin borrársele la sonrisa de niña buena con que había nacido para la eternidad.

El pasillo se estrechaba cada vez más y la luz se hacía más potente allá a lo lejos, de pronto la voz le salió como un vómito y el sonido de su mismo grito la despertó. Quedó aterrada, temblando en la cama, al instante entró su padre asustado por el grito. No pudo decirle nada. La sensación era horrible, no había palabras para explicarla porque sentía que todo era mucho más de lo que era, que era otra cosa que no podía aprehender.

El sol salió de nuevo a la mañana siguiente como si nada hubiera pasado, el dormitorio se llenó de luz, las flores eran las mismas flores alegres y luminosas del origen aunque a ellos se les hubiera venido el mundo encima y se hubieran refugiado de manera enloquecida y frenética en el ejercicio del amor. La primera en despertarse fue Beatriz, que entre somnolienta y entregada se desenredó del abrazo de Mauricio, tuvo el placer de mirarlo a sus anchas. Todavía le quedaba a pesar del placer, un dejo de dolor en el gesto, ¿estaría soñando? No, estaban los dos ahí después del peso inevitable de las palabras que confirman los hechos. A veces la salvación es el silencio, pensó ella sin saber muy bien a qué silencio se refería. Era todo tan difuso... hasta su pensamiento, de costumbre tan eficiente y agudo, estaba nublado por la vaguedad de los vaivenes abstractos. Lo quiero tanto, pensó, y sin embargo por momentos me pongo afuera de su alcance, lo peor es que ahí me siento tan tremendamente sola y tan tremendamente mala por no poder hacer otra cosa... Aunque me muera por meterme en su abrazo de oso, me quedo firmemente al frente como desafiándolo con una seguridad y una autosuficiencia que apabulla, como diciéndole no me hacés falta, y ¡mierda, cómo me hace falta!

Después gracias a Dios se me pasa y él sabe encontrar el flanco para volverme próxima, no sé cómo, recorre mis vericuetos de mujer a la defensiva y remonta mi ternura y me desarma y me desnuda y me hace sentir tan protegida, tan necesaria y necesitada que me acurruco y me despliego y me entrego y lo tomo en toda su dimensión. ¿Cómo será la muerte sin vos, Mauricio? ¿Me alcanzará tu recuerdo para irme al más allá?

Los tailandeses no hablan de morirse sino de *passaway*, suena mucho más dulce, es como un camino suave, y como creen en la reencarnación sienten que están al lado de los que quieren de otra forma, existiendo. ¿Serás capaz de sentirme de esa manera?

Cuando volvió a ver a Esteban después de su inconciencia le pareció que ya nada era lo mismo. Le contaron que había estado en la clínica todo el tiempo, si hasta su madre se había apiadado de su preocupación y aflicción y hasta le había puesto buena cara a pesar de que fuera muy grande para ella. María Luz, en su exagerado romanticismo le había contado con pelos y señales cada día de desvelo.

—Mirá lo que te pasó por querer escapárteme —le dijo con tono burlonamente tierno. ¿O era que querías que realmente te alcanzara y después te agarró el susto?

Sólo lo miró y se sintió de nuevo en el lomo de Mochuelo con la misma sensación de levedad, unidad y vértigo, en realidad era él el que se lo producía, pero no quería lo que siguió, no quería la oscuridad y el abismo a causa del intento de frenada, no quería caerse por haber perdido el ritmo acompasado, no quería ni el susto ni el dolor de la separación, por eso sólo lo miró, diciendo sin decir todas estas cosas, y volvió a sentir toda la excitación y el cosquilleo de su cuerpo y de su corazón que latía a mil por hora.

Él no supo leerlo en su mirada, no supo entrar a la contradicción de su temor y cambió el tono. Lo peor es que ella conteniendo sus luciérnagas se acopló al tono amistosamente neutro y sintiéndose una infeliz supo que estaba enterrando la posibilidad de volar en su primer amor al país de las realizaciones y los gozosos aprendizajes. Esteban, o lo que significó, fue siempre su asignatura pendiente, la representación más evidente de la promesa y el freno. Del gozo y el miedo. De lo posible y lo negado. La imagen más gráfica de su pertinaz compulsión de no entregarse por temor a la pérdida. Siempre la había asustado la intensidad de sus sensaciones, la posibilidad de darles curso y quedar después en el abismo.

Después se inició el tiempo de las revelaciones, Mario fue el primero y fue Mauricio quien le adelantó la cosa, quería intentar sin ser él el que presionara, que Beatriz se animara a apostar a la posibilidad que le daba la quimio.

—Hermanita, necesito verte —le dijo al teléfono tratando de mantener el tono alegre y positivo de siempre—. Te venís a casa, preferís que invada la tuya, eso sí, te llevo un buen whisky. Creo que lo vamos a necesitar, ¿no te parece?

Ella se quedó dura al principio. —¿Mauricio estuvo con vos? —Preguntó un poco temblorosa.

—Si, tomamos un café esta mañana, como casi todas las semanas. Pero vos sabés que fue distinto. Bueno caigo como a las siete, te quiero mucho hermanita.

—Yo también, dijo ella casi en un suspiro, te espero.

Cuando cortó se le vino la inundación desde los ojos. No podía parar la cortina de lágrimas. Ni quería. Necesitaba llorar hasta no dar más, hasta que se le aliviara el dolor por lo propio y lo ajeno. No podía sacarse la imagen de Mario cuando les dieron el diagnóstico de su madre. El desconsuelo era tal que desarmaba y no había nada para consolarlo y ahora ella... De todas maneras él tenía todavía esa reserva natural de alegría como para resistir al drama y apelar a un cierto tierno humor que hacía todo menos denso.

Mario había sido siempre su cómplice y su apoyo, desde que jugaban al papá y a la mamá en una casa de fantasía, hasta en las salidas adolescentes, aún en el tiempo en el que las diferencias de sexo e intereses los hacían pelearse como tontos, estaban pendientes el uno del otro, aunque pretendieran estar furiosos o ignorarse. Cómo lo extrañó cuando se fue a hacer el posgrado a Francia, si hasta sintió unos celos brutales cuando le contó que se había enamorado de Denisse, pensó que se quedaría a vivir en Francia y la idea se le hacía irresistible, pero después al verlo tan feliz se le borraron los temores. Además Denisse supo ganárselos a todos con su simplicidad y su sensatez. Se vinieron a vivir aquí a los dos años de casados y ella logró ser una más naturalmente.

Ella quizás comprendería su decisión de no tratamientos, ella estuvo en los horrores de su madre, ella asistió a la denigración y al deterioro, ella sufrió a su lado la muerte anticipada de la dignidad, la condición de objeto a la que somete esta putísima enfermedad, lo lloraron juntas.

Tenía que asegurarse de que Ana no estuviera esa tarde, todavía no podía enfrentarla, le faltaban valor, entereza y palabras para empezar a despedirse dignamente, y esto de no perder la dignidad era fundamental para ella. Tampoco sabía si tendría el valor de resistirse si ella le pedía que intentara a toda costa la posibilidad de un tiempo más. Siempre la había desarmado con su ternura, hasta cuando tenía ganas de matarla con las cosas que hacía, pero cuando la miraba con esa desmadejada inocencia, con la promesa en la mirada y le decía "yo igual te quiero, má ", se deshacía cualquier enojo y sólo quería abrazarla, protegerla, mimarla... Ay mi Ana... como hubiera querido que tuvieras una hermana o un hermano como Mario... y no pudimos a pesar de tanto intento; quizás debiéramos haber adoptado como quería Mauricio, pero a mí me pareció que siempre quedaba alguna oportunidad más, y después ya me pareció tarde. Hoy querría haberlo hecho, querría haberme animado y haber tenido de una manera u otra esa fantástica familia de seis hijos con la que soñaba cuando era chica, subida a esos tacos altos siete números más grandes que mis pies. Estarías menos sola, mi Ana...

La lucha, me temo
es siempre contra el tiempo.
Otra versión más del espejismo.

Leí esto al final de un poema el otro día y me quedó flotando como un barco a la deriva, quizás sea así y no sea sólo hoy que mi lucha es contra el tiempo; viene desde siempre esta desavenida relación mía con el tiempo y la oportunidad. Hay tantas veces que me he adelantado con el pensamiento que después ha sido tarde para la acción, la reacción o simplemente el impulso, creo que es algo así. Lo cierto es que el tiempo y los tiempos han sido un tema constante en mi vida y tienen mucho de espejismo. ¿Será otro espejismo este dilatar la muerte no tratando la enfermedad? ¿Y si intentara la operación al menos?

Tengo un berenjenal en la cabeza, la muerte se mezcla con el barullo y la debilidad, es un espacio hueco y retumbante, en el que nadan mil ideas y el latido se hace intenso, no le queda espacio a las palabras. La seguridad se va al carajo por un lado, y la inmediatez se hace intangible y este ser un tiempo más, se presenta como respetablemente posible y temido.

A Mauricio sé que lo quiero y que además es un tipo excelente. Pero sé también que con él no he cubierto los baches que el miedo dejó en mi camino, no he tenido ni tengo con él el vértigo de ser mujer frente a un hombre en donde se juega la conquista, el asombro, la sorpresa, el desafuero, el encuentro, el descubrimiento. Mauricio es un puerto contenedor donde atraco segura y firme, dónde sé que puedo tener cierto flote a la deriva porque siempre va a tener una red con que rescatarme, un silencio comprensivo o un previsible repertorio de constantes que hacen que las variables se den dentro de cierto rango, me dice que estoy afuera y yo me sigo preguntando ¿afuera de qué? ¿de quién? Creo que en el fondo es afuera de mi misma...

¿Dónde estoy, en el adentro de quién o de qué? ¿En el afuera de cuántos y de qué modo? La expresión sobradora de su padre de nuevo se le apareció como un indicio, algo tendría que ver con este sentirse excluida, afuera, o por lo menos con ese antiguo temor a sentirse así, temor que tantas veces la había hecho detener en la frontera de los hechos, al borde de la vida, al límite de la intensidad... ¿Sería ésta otra de esas veces?

Ya todo le daba vueltas como una calesita, las imágenes se empalmaban una con otra impidiendo delimitar sus contornos, lo único nítido era la sensación angustiosa de búsqueda de verdad, algo que la ayudara a ver por dónde estaba la punta de este ovillo al que se le había enredado la lana, pero que por afuera parecía prolijito, tan prolijito que casi no se le notaba la enfermedad que la estaba comiendo por dentro, el único indicio visible era el peso, todavía sentadoramente disminuido y una tos irreverente que todavía podía ser atribuida sólo al exceso de cigarrillo. Ella sabía que no. Sabía que esta vez el límite había sido saltado, no por ella directamente, sino por esas células rebeldes que no dejarían de crecer omnipotentemente hasta ocuparla, hasta llenar los espacios en blanco que ella había dejado por temor, ellas sí se animaban a crecer, y para no quedar al margen la iban a dejar al margen a ella, esta vez sabía que la estaban dejando afuera de la vida... y de nuevo quizás estaba jugando el temor su jugada magistral, haciendo pasar por vida o muerte digna lo que en realidad podría quizás llamarse cobardía.

La noche anterior había sido terrible, la tos se había hecho más persistente y la mirada de Mauricio le había taladrado el alma, sin quererlo había hasta empezado a pensar en la quimio. Se sentía tan culpable de omisión, que el sentimiento era peor que la tos que le desgarraba el pecho.

El silencio de Mauricio era el peor reproche, según él, ya se le habían acabado las palabras y "no encontraba más argumentos para luchar contra mi muerte elegida".

Cuando te veo así Mauricio me dan ganas de abrazarte, de protegerte de esta ausencia que adivino en tus ojos y en la actitud de cada uno de los músculos de tu cuerpo; y sin embargo, no te abrazo, me quedo mirándote como de lejos, temiendo abrir un frente que no sé si soy capaz de defender amorosamente. Me dan ganas de meterme en tu pecho y sentirte y sentir que me sentís y que me cerrás en tus brazos para que nada que no sea bueno pueda alcanzarme, sólo tu presencia, pero me quedo congelada en el intento, pensando en lo que querría que pasara y mientras tanto, vos estás allí y yo acá y el tiempo y la oportunidad se nos escapa, se nos escurre como agua entre los dedos y nunca va a ser la misma. Si te dieras vuelta y me vieras aquí, mirándote desde el vano de la puerta, creo que vos vendrías y me abrazarías. Siempre fuiste más concreto, yo la de las ideas, vos el de los hechos; yo la de las miradas, vos el de los gestos, yo la de las intenciones, largas, fundamentadas, hipotéticas, yo la de la impotencia...

Quedate ahí, Mauricio, no quiero que esta vez me descubras en medio de este tumultuoso silencio, mirando tu dolor sin poder darte mi consuelo ni pedírtelo.

Se sentaron en la vereda, la noche estaba espléndida y la brisa de primavera era casi una promesa, en el aire flotaba esa liviana complicidad de salir mujeres solas a mirar despreocupadamente la noche, a charlar salpicadamente y a la vez siguiendo un hilo con una lógica que ningún hombre podría jamás comprender. Hacía mucho que no se juntaba así con ellas, no por falta de ganas, para nada, pero la vida se les había complicado con las pequeñas grandes obligaciones y las juntadas se volvían eternas amenazas.

Esa noche fue María Luz la que llamó y no admitió razón o excusa para un no. Las pasó a buscar y las reunió con la energía de siempre.

—No te pierdas la de la esquina —comentó con un horror humorístico Cecilia— lo peor es que se debe sentir divina portando esa ridícula mini dos talles más chica que su traste.

—Que lo disfrute —dijo María Luz con la frescura en los gestos, todo es cuestión de sentirse una reina y ella está en la gloria y al tipo parece gustarle el look salame porque la mira embelesado...

—Yo me moriría —dijo Cecilia.

—¿Por que te miraran así? —le pregunté yo ácidamente, inmediatamente me arrepentí y quise arreglarla con algo más dulce, pero no encontré nada en mi repertorio, y sólo dije —es una joda, Ceci—. No sonó muy convincente.

María Luz salió al cruce con un ¿y si nos pedimos un champagne para celebrar el encuentro?

Nos agarramos de la sugerencia y volvimos a la vidriera de la vereda con otro ánimo. Cecilia empezó a contar una anécdota de su hijo Matías que nos hizo matar de risa y nos puso de nuevo en madres. De la mesa de enfrente dos señores que querían apendejarse lanzaban miradas rajantes buscando un destello para acercarse. No había mucho quórum, a mí no me interesaban para nada, Cecilia, sólo los miraba con el microscopio de la sátira y no les dejó nada en pie, y María Luz los miraba con la conmiseración de los que están más allá de la posibilidad y contemplan con solidaria pena a los que están solos.

Cuando llegó el champagne brindamos por estar juntas y por los años de amistad, en el medio aparecieron los recuerdos del cole, la monja Isolina asustándonos con el infierno por los malos pensamientos, las escapadas en el campamento de cuarto año, lo boludamente ingenuas que éramos, los amoríos de verano y la supuesta felicidad perdida con la inocencia.

No es tan así- dije yo poniéndome seria- éramos más despreocupadas pero por ahí siento que la felicidad es otra cosa, tiene que ver más con la plenitud, con las cosas logradas, con la aceptación de uno mismo, no sé ni siquiera por qué estoy diciendo esto, creo que si recuerdo hay momentos de esa época en los que quizás estuve más contenta y sí, quizás me hacía más feliz sentir que tenía un mundo y una vida por delante, que las posibilidades eran inmensas y que teníamos todo el tiempo, todo iba a ser, éramos una promesa, hoy somos una realidad ¿Y qué hemos hecho? ¿Qué de aquello que creíamos que íbamos a ser, somos?

La respuesta de ambas fue —pero ¿a vos qué te pasa? ¿Te agarró la depre o el costado filosófico? Habíamos salido a boludear,¿ te acordás?

Me sentí naufragando en la nada y a la vez sentía que por un momento este borrarse o traerme al mundo light era casi una tabla de salvación. Si empezaba a hablar iba a largar todo y ni siquiera sabía dónde empezaba y dónde terminaba ese todo y la noche estaba espléndida, la brisa prometía primaveras y las miradas de los bolicheros de siempre hasta podían ser un antídoto contra la despiadada mirada en el espejo, hasta podíamos creer que seguíamos en carrera aunque no nos interesara ninguno como meta, pavada de histeriqueada, ¿no?

Cuando volvimos al mundo de lo teóricamente concreto fue para hablar cínicamente del ex de Cecilia, para variar no se había hecho cargo de los chicos como correspondía, por supuesto no había cumplido con la cuota y para colmo se había ido a vivir con una nueva pendeja con sólo tres meses de relación, lo más triste de esto es que Cecilia realmente lo había amado, creo que con todo el desprecio y la bronca todavía le seguía importando en algún sentido. Quizás fuera por eso que se ponía en esa actitud tan demoledoramente crítica de cuanto varón pasara por el frente, casi se podría hablar de resentimiento; de todas manera no dije nada de esto, no hacía falta.

Creo que sólo se salvaban por ser nuestros maridos, tanto Manuel, un dulce total profundamente enamorado de María Luz, y Mauricio, que para ella era el tipo más seguro y equilibrado.

La señorita look salame partió con su embelesado señor en el mejor de los cielos, nosotras muy discretamente elegantes en un *look very casual*, nos quedamos un rato más destilando falencias.

Cuando la dejamos a Cecilia, María Luz que no era ninguna tonta, me dijo sin rodeos —a vos te pasa algo ¿no sería bueno que lo largaras?, ¿es con Mauricio?

—No María, para nada, o quizás sí, pero no es en realidad con él, lo que pasa es que estoy poniendo todo en tela de juicio, vos sabés bien que es un marido bárbaro, dejando de lado las cosas que todos tenemos, pero más allá de sus ausencias laborales, tiene una bondad increíble, es cariñoso, contenedor, entretenido, inteligente, pero estoy sintiendo que no me alcanza todo eso para quedarme...

—¿Quedarte dónde? Bea ¿de qué estás hablando? No me vas a decir que estás pensando en separarte, se te cruzó alguien.

—Nadie que no sea un recuerdo, es más, son todos los recuerdos juntos, como un atropello de recuerdos y no sé qué es lo que tiene sentido... no sé ni dónde estoy parada ni hasta cuándo y tampoco sé qué es lo que puedo hacer...

—Pará Beatriz, estás llorando y no entiendo nada de lo que me estás diciendo, además me asusta. Bajemos y hablemos tranquilas, no hay nadie ¿no?

—Sólo la mucama que duerme, dale, vení, me hace falta hablar, si puedo...

—Ay Bea, que mal te veo...

El living a oscuras parecía fantasmal, últimamente todo tenía una carga doble, la de los recuerdos y la del futuro como un juicio a lo vivido y a lo no.

Prendió una a una las lámparas bajas que tanto se había esmerado en conjugar para crear ese ambiente cálido y acogedor en donde los rincones se armaban íntimamente y a la vez constituían un todo armónico y contenedor, lo fantasmal se evaporó por arte de luz, que es casi como una magia, y su living recuperó la unidad que intentaba recuperar su *living* como verbo.

María Luz la seguía en su recorrido de iluminación como si con esto la pudiera acompañar en la otra dimensión.

—¿Qué preferís? ¿Café o whisky?

—Lo que quieras, si querés yo lo preparo, me parece que te hace falta un poco de mimo.

—¡¡Y no sabés cuánto!! Pero ya me conocés, me cuesta bastante dejar que me mimen. Yo voy a tomarme un whisky, ¿me acompañás?

—Porsu, aunque mezclado con el champagne voy a salir haciendo eses, pero como decía Cristina, creo que la situación amerita una curda que nos afloje la palabra y los sentimientos. Total para tomar café hay tiempo...

—¿Te animás a traer el hielo? Te voy a aceptar que me mimes, a esta altura no tengo fuerzas ni para dar un paso, me eché en el sillón y creo que no me voy a mover más.

—¿De qué se trata Bea? Dijo María Luz meneando el hielo —vamos al grano que vos no has sido nunca de dar tantas vueltas.

—La vida me ha dado vuelta a mí, María, estoy con un cáncer avanzado de pulmón y ya no sé nada, no, no digás nada hasta que termine, se me ha dado vuelta todo, no hago más que perderme en los recuerdos, le he dicho a Gerardo que no quiero hacerme nada, ni operación ni quimio, ni rayos, pero por momentos también pienso que eso es una boludez más, Mauricio no sabía nada hasta hace unos días, no sabe cómo hacer para que intente algo sin presionarme, a Ana no le he dicho nada, no tengo ganas de pelearlo de esa manera denigrante pero tampoco tengo ganas de morirme y entretanto no hago más que estar encerrada entre el pensamiento y los recuerdos, no sé si soy una cobarde o una boluda digna, ni sé si esta historia de dejarlo ahí es una forma de pretender que no existe.

—Pero existe, Bea, y vos no podés decirme esto.

La mirada de María Luz era intensa y oscura a través de las lágrimas, el vaso de whisky había quedado rezagado en alguna mesa y sus manos tomaban las mías con dulzura y desesperación.

—Pero no puedo pensar en empezar con los horrores por los que pasó mamá para nada, se murió igual y era un trapo, una cosa que pasaba de un espanto a otro, desde que empezaron con los tratamientos ya no fue mamá, sino este cuerpo sufriente y desgranado, una paciente llena de dolor y miedo; un horror.

—Pero Bea, ella fue ella hasta el último día y vivió como más de dos años desde el diagnóstico y estuvo con ustedes, y luchó y disfrutó de estar viva a pesar del dolor y del horror, como decís vos, no podés abandonarte, no tenés derecho, carajo, te queremos, te necesitamos ...

—¡Ay María! No sé qué hacer, me doy cuenta de que estoy mal, que no puedo manejar esto como corresponde, a Mauricio lo estoy poniendo a una distancia que no tiene nombre y no quiero pero no puedo hablar de esto, no puedo dejar que me metan drogas y entregarme como una cosa, tengo miedo y así me parece que va a pasar , por más que sé que no es así. A Ana no le dicho nada y la miro y se me quiebra todo pero tampoco puedo decirle que me voy a morir y que no voy a hacer nada para tratar de evitarlo pero sé que con esas mierdas no se evita nada, sólo se apresura la pérdida, no me puedo concentrar en nada, se me mezclan todos los recuerdos, hago todo con la cabeza en otro mundo se me viene toda mi vida encima y se me viene también la muerte como un fantasma que me acecha.

—Basta, Beatriz, empecemos por el principio, están todos locos y perdoname que te lo diga así, pero no hay otra manera, no puedo creer que Mauricio te siga la corriente en esto, ¿qué es exactamente lo que te dijo Gerardo?

—¿Cómo?

—¿Qué es lo que te dijo Gerardo? Voy a ser cruda, una cosa es que te siga la corriente en tus códigos y tiempos a los trece como con Esteban y otra muy distinta es que a la altura en la que estamos me quede callada cuando por hacerte la gallito le querés pelear a un cáncer con la ignorancia. No, Bea, tenés una hija, tenés esta vida y el desafío no es apretar las espuelas y salir vareando hasta que el caballo te tire inconsciente y después esperar que te adivinen la mirada. No. Ya estamos grandes para eso y no tenés derecho a quedarte esperando. Yo por lo menos te voy a joder para que hagas algo, y si finalmente esa es tu opción, bueno, jugala bien, de frente, no por negligencia o cobardía, ese no es tu estilo, Beatriz, no podés, carajo, y yo encima te reto, bueno es que me has dejado dura y me da bronca e impotencia. Prometeme que mañana lo llamás a Gerardo, si Mauricio no está yo te acompaño, pero por favor Bea, no te quedés quieta...

—No sé, María, hoy no puedo prometerte nada, pero en realidad quería decírtelo, aunque sabía que me ibas a decir esto, ¿estaré muy loca? A veces pienso que me lo merezco, que algo habré hecho para que me venga esta mierda, o todo lo que he dejado de hacer; no sé... y por otro lado hago como si nada pasara esperando que lo arregle el tiempo...

En el tarot le había salido *El Extraño*, la imagen era de alguna manera, triste. La puerta de rejas, detrás de la cual había un mundo de prometedores colores, un niño de espaldas se apoyaba contra la reja mirando el paraíso sin ver que el candado en realidad no estaba cerrado, sólo era cuestión de saber mirar, de animarse a buscar la salida para no quedar confinado detrás del muro y la reja, a la puerta sólo había que abrirla y abandonar esa posición de anhelo inactivo, atreverse, como siempre...

Sin embargo siempre había parecido muy osada, se había largado a piletas con muy poco agua y había sabido flotar o esquivar el golpe en la cabeza, sí, la cabeza siempre había funcionado pero ¿eso era suficiente?, evidentemente no. Las cosas pasan por otro lado, atreverse tiene que ver más con el corazón, con el impulso, con el instinto, con el presente inmediato, hay que descartar el futuro, ser todo un hoy o mejor dicho, ser hoy un todo, y ella siempre había estado dividida, su cuerpo y su mente funcionaban a destiempo, el pensamiento y las posibilidades muchas veces le habían anulado la acción, la decisión, el impulso liso y llano, eso sí era ser el extraño, eso era estar hoy pensando y pensando en vez de estar viviendo intensamente el resto de su vida, fuera la que fuera.

Recogió las cartas y sin decir nada salió a caminar, de todas maneras nadie la extrañaría demasiado, Ana volvería tarde y Mauricio, aunque la llamaba a cada rato, no se preocuparía, no sabía que ella había decidido no ir a trabajar hoy, así que le dejaría un mensaje más...

Necesitaba caminar, mirar el mundo tan cercano y tan distante de la calle, necesitaba mirarle la cara a la gente que andaba por el mundo sin la protección de sus autos como micromundos, necesitaba ver, mirar el mundo del más acá y del más allá de su mundo, necesitaba mirar a la cara a la gente anónima y común que caminaba.

Nunca supo bien cómo fue que empezó todo, lo cierto es que ese día se encontró de pronto en lo de Azpeitía como una más de los concurrentes a la reunión de consorcio, representando a su madre que estaba de viaje, había ido a visitarlo a Mario, No había visto antes a ese señor de pelo rubio y ojos oscuros que estaba sentado con doña Julia, la fiel vecina del 2°. Le pareció extraño, sabía que no tenía hijos y además no pegaba con ella.

No sé si era que la reunión era tremendamente aburrida o que sólo se lo parecía a ella, lo cierto es que se dedicó a mirar a ese hombre y mientras los vecinos discutían detalles tan nimios como el color del ascensor (que a ella le resultaba absolutamente indiferente) o el número de cuotas en las que tendrían que dividir el aporte extraordinario (que de seguros sería luego ordinariamente permanente) que había impuesto rentas por el tema de las inundaciones, ella se dedicaba a imaginarle una historia acorde a la postura de sus manos, al color de sus ojos, a la edad de sus arrugas finitas y gestuales, al gesto disimulado de fastidio y acorde también a las miradas de reojo que le echaba a ella cada vez con más frecuencia.

Lo imaginó recién llegado de algún lado, ¿Podría ser Londres o quizás le pegara más, New York? O simplemente Buenos Aires. Bueno, fuera de donde fuera, su ropa era buena, cuidada y a la moda, era alguien que evidentemente dependía de su imagen, podía ser un ejecutivo inmobiliario o más bien un agente de bolsa o un tipo de banco, evidentemente no era ni un docente ni se dedicaba al campo; casado, según el anillo que discretamente llevaba en su mano izquierda, aparentemente, felizmente casado, no tenía expresión ni de soledad ni de gastado, como corresponde a los tipos que frecuentan la noche y la trampa, a la mujer todavía no podía verla, debía tener hijos, posiblemente dos, entrando a la adolescencia quizás. De todas maneras no parecía resultarle indiferente el que lo miraran, creía que si insistía un poco más y no retiraba sus ojos cuando él la miraba, la invitaría a tomar un café, educadamente y guardando los límites hasta saber de su relación con doña Julia. Debía andar por los cuarenta, no, quizás un poco menos, se debía haber casado joven, quizás con su primera novia, no podía verle los zapatos pero debían ser mocasines clásicos, la corbata no estaba nada mal, sobria y original, le daba un toque de divertida distinción, ¿qué tenía que firmar? —disculpe me distraje un momento, ¿adónde quiere que firme? —Sí, mamá seguramente estará de acuerdo, no se preocupe, yo me encargo. El administrador no podía creer ese despiste suyo, no era propio. Cuando le mandó saludos a su marido, advirtió que el señor prestaba atención aunque la disimulara entre las respuestas formales y los apretones de manos a las señoras que doña Julia le iba presentando con orgullo.

Cuando le llegó el turno a ella, jugó primero a hacerse la distraída y luego se fingió emocionada de saber que Juan José Aguirre era el famoso sobrino de la tan conversadora señorita Julia; no había estado errada en sus suposiciones, sabía por su madre que éste tan renombrado sobrino había hecho entrenamientos de finanzas en distintas partes del mundo, un *yuppie* y que solía venir una vez por año a visitar a su madrina, a la sazón la tan mentada doña Julia. Él la saludó sonriente e intrigado.

—¿Vos sos la hija de Carmen? Te imaginaba diferente.

—¿Ah, si? Y cómo, si se puede saber?

—Más grande, más seria y con unos ojos mucho menos fantásticos que los que te veo. Sos indudablemente mucho mejor y además más divertida, veo que te has entretenido mucho en la reunión.

—¿Eso creés? No podría repetir ni una sola palabra.

—Por eso mismo.

—Pero puedo contarte tu historia, mi versión, me ha divertido imaginármela y creo que no debo andar muy lejos.

—¿Tan obvio soy?

—No sé la versión definitiva.

—¿Te la cuento café de por medio?

—¿Y por qué no? Tengo algo más de media hora antes de mi próximo turno.

—Cierto que la señora es psicóloga, se me había olvidado, ¿vamos a lo de tu madre o a la esquina?

—A la esquina, es sólo una café rapidito.

—Bueno, bueno, que no sea tan corto, no me vas a poder contar mi historia, yo te voy a contar algo de la tuya.

—¿Y qué sería eso?

—Cosas que yo sé, que ni vos sabés...

—Te estás poniendo intrigante.

—Y puedo serlo mucho más, el mundo es muy chico, señora.

—Ahora empezás vos, estoy que muero de curiosidad.

—Ah no, así no vale, las damas son siempre primero.

—¡qué caballerosidad, estoy conmovida!

—Vamos, señora, no se burle y empiece a contarme su versión de mi historia, soy todo oídos.

No se había equivocado mucho, los hijos eran tres en vez de dos y la mujer no era la primera novia, sino un amor a primera vista que le dio vuelta la cabeza y le hizo romper todas sus promesas con la noviecita original, estaba todavía casado y quería seguir estándolo, no era efectivamente un tipo de la noche pero a cualquier hora del día resultaba naturalmente seductor, algo de lo que no se aprovechaba, podía tranquilamente desplegar y disfrutar el encanto sin crear más expectativas que esas, era un encanto felizmente ocupado.

En el juego de acierto y error corría la risa fácil y una liviandad ingeniosa que la hacía sentirse esplendorosamente viva.

—Bueno, te toca el turno, ya la dama ha pasado primero y está ansiosa por develar la intriga. Esta vez soy yo la que soy toda oídos.

—Pero esto implicaría ponerse más serios y no creo que la dama tenga ganas, te queda muy linda la risa, ¿lo sabías, no?

—Me estás queriendo cambiar de tema, porque en realidad no sabés nada de mi historia que yo no sepa.

—¿Acaso sabés cómo se te iluminan los ojos cuando te divertís? ¿Sabés que te cambia el color y que tu cara no tiene nada que ver con la de la señora que se aburría en la reunión de consorcio?

—Vamos, no me charles, además no me aburría, me divertí mucho jugando a ponerte una historia y una situación, pero vos te inventaste lo de la mía para intrigarme, así no vale, ahora me vas a tener que inventar un secreto verosímil.

—Me gusta, veamos, dejame pensar un minuto, ya sé. Tiene que ver con tu padre.

—Con eso no se jode —dijo poniéndose seria de pronto.

—Yo lo conocí, no es joda y era un gran tipo. A pesar de su aparente dureza te quería mucho y siempre se sintió un poco culpable de haber sido tan exigente con vos, de estar tan lejos queriendo estar tan cerca.

—¿Y vos cómo lo sabés? Dijo ahora con la voz opaca, no te lo puede haber dicho él, jamás hubiera reconocido sus sentimientos...

—No lo vas a creer, pero fue casualidad, nos encontramos en un viaje, nos conocíamos de aquí, sólo de vista, pero nos reconocimos en el avión. El viaje fue terrible y hubo un momento en el creímos que no contaríamos el cuento, cuando pasó hablamos sobre cómo se te pasa la vida entera en un minuto cuando creés que te vas a morir y dijo que eso era lo que se le apareció como una de sus grandes deudas con la vida.

—Podría habérmelo dicho alguna vez.

—Creo que no tuvo oportunidad, tuvo el infarto poco después de ese viaje, se ve que la muerte le andaba cerca nomás.

—Siempre sentí que nada era suficiente para ser valorada, todo era poco, pero ¿sabés algo? Yo sentía que me quería.

—Bueno eso es lo que importa ¿no?

—No es sólo eso, pero bueno, ya fue ¿no? Uy, mirá la hora que es, tengo que volar.

—Nos vemos.

—Si estás en lo de Julia te llamo, se pueden venir a comer a casa así los conocés a Mauricio y Ana.

—Si no hay otra alternativa...

—Vamos, no empecemos de nuevo...

—Bueno pero regalame otra sonrisa de ojos iluminados, me gusta más que la expresión de señora seria, llamame.

Las manos de Beatriz eran largas y finas, lánguidas y sin embargo sumamente expresivas. Se movían al compás de los ojos cuando se ponían soñadores y podían acariciar el aire mansamente o electrizarse de ira en un sólo gesto, lo que no era muy frecuente.

Las manos de Beatriz habían surcado universos de sensaciones y sin embargo parecían siempre estrenar el tacto con asombro y deleite. Las manos de Beatriz andaban buscando a qué aferrarse para no resbalar en el abismo. Pendularmente oscilaban entre el pasado y el fantasma imaginado del futuro, las manos de Beatriz se deslizaron por el espacio vacío de la cama, el espacio de la ausencia de Mauricio que se había que tenido que ir a otro de sus viajes, ¿era éste otro signo más de esta lejanía? Hoy lo necesitaba cerca, protector, confidente, lo necesitaba adentro, vital, enérgico, invitándola a quedarse, atrayéndola con la gravedad de la tierra, dándole la confianza para atravesar el camino del intento, lo necesitaba abierto a sus disculpas por haberlo puesto involuntariamente afuera. Tenía razón cuando le decía que su ingenuidad era irresponsable, que era en realidad un absurdo acto de omnipotencia disfrazado de fatalidad e inocencia, que así dejaba afuera a los que podían ayudarla. Todavía ni siquiera se atrevía a pensar en Ana, mantenerla afuera era otra forma más de negar la realidad y sus consecuencias. Ay, mi chiquita, ¿cómo voy a hacer para no verte?

Las manos de Beatriz, crispadas, taparon su cara y se fueron humedeciendo verticalmente con lágrimas saladas, largas, solitarias.

—Por fin viniste, me tenías muy preocupado, espero que te hayan dado mis mensajes.

—Por supuesto. Mirá, Gerardo, disculpame si no te devolví las otras llamadas, pero no lograba la decisión y bueno, no sé qué decirte, estoy tan llena de dudas, se me da vuelta todo a cada momento.

—Pero ¿cómo te has sentido?

—¿Te referís al dolor o la tos?

A todo, pero especialmente a eso, lo demás me lo imagino, además estuvo Mauricio conmigo, bueno, eso ya lo sabés porque cuando me habló le dije que no tenía problema en verlo en tanto y en cuanto vos estuvieras de acuerdo. Beatriz, está tan preocupado ¡y no sabe qué hacer para ayudarte!

—Lo peor es que yo tampoco...

—¿Has tenido dolor o ahogos?

—Un poco, pero todavía es tolerable, sólo un día el ahogo fue espantoso pero estoy bajando de peso cada vez más rápido, y eso que como, nunca he comido tanta papa frita, pasta y dulces.

—Te voy a dar algo para eso, pero vos sabés de dónde viene, Beatriz, en serio, la operación es posible, si abrimos vamos a saber realmente dónde estamos y es una forma de pararlo. Discúlpame pero vos no sos una paciente más, y realmente no puedo dejar de involucrarme y no puedo aceptar que siendo vos, elijas no pelearla. Tenés 51 años, tenés una hija, un marido que te adora, una buena vida, no puedo creer que seas tan egoísta o tan cobarde como para no hacer nada.

—No sigás Gerardo por favor, ¿creés que todo eso no me da vuelta? Por eso he venido, y he venido sola porque no quiero lastimar más a nadie, quiero saber cuáles son las alternativas, por lo menos lo de la operación. Ay por Dios, hay momentos en que me siento tan culpable de no habérmela hecho cuando me dijiste... ya sé, es un mes, pero ¿hay alguna alternativa ahora?

—Siempre es mejor que nunca. Mañana hago los arreglos para que sea lo antes posible, ahora te doy las indicaciones para el cardiólogo y el laboratorio, en una de esas sea el lunes próximo. ¿Mauricio está acá?

—Si, está viajando lo menos posible.

—¿Ana ya sabe algo?

—No he tenido el coraje hasta ahora pero el otro día estuvo en ese ahogo terrible y está muy preocupada. Hoy voy a hablar con ella, voy a esperar que esté Mauricio en casa también.

—Aquí tenés las órdenes, y te doy también este teléfono, es de Mariana Estévez, una tipa espectacular que te puede ayudar. Ella tuvo un cancer terrible y ha formado una red de autoayuda con resultados sorprendentes, charlá con ella, ha pasado por lo mismo, se van a entender.

—Gracias, Gerardo, veré qué puedo hacer. Espero tu llamado.

De nuevo caminar, sin rumbo, por el solo hecho de caminar y sentir el movimiento y la vida bullendo vertiginosa alrededor, dejar que los pensamientos sean imágenes sucediéndose una a otra como una película interminable sin tiempos respetados. Ya es irreversible, me van a abrir, la carne lacerada, capa tras capa, expurgada, hurgada, buscando al enemigo, la sangre, la respiración, el dolor abrupto, la irremediable condición de paciente, ¿yo paciente?, ¿yo entregada ? ¿yo yaciente e indefensa? ¿Yo definitiva y inevitablemente expuesta? Dicen que es operación a cielo abierto. Si, te abren la puerta del cielo y empieza el infierno interminable o la salvación, odio la anestesia, es un anticipo de la muerte. ¿Podré salvarme? Me da horror decirle a Ana, y además decirle que no se lo he dicho antes porque no podía nombrarlo ni confirmar que me podía morir en poco tiempo, siempre pensé que moriría de golpe, eso quería, un accidente, un infarto, limpio y fatal, sin tiempo para darme cuenta de lo que dejaba, sin el sufrimiento de la enfermedad, como murió papá sin tiempo para decirme que me quería.

Con Ana fue más difícil que con Mauricio y con Mario, por más que ella ya estaba casi segura, además le había preguntado a Mauricio y si bien él no le había contado todo, no había podido disimular su dolor, el silencio había sido una forma de admitir sus conjeturas.

Sólo le había dicho que respetara mis tiempos para poder hablarlo, esto había sido después de ese ahogo terrible de la semana anterior. Además del dolor y la impotencia, pude sentir su resentimiento por mi silencio y mi resistencia a intentar salvarme con lo que hubiera a mano. También estuvo su amor incondicional y su necesidad de mí, fue muy duro, Mauricio abrazándonos a las dos y yo entremedio anunciándoles mi decisión de operarme, esta vez les pedí ayuda... y perdón... y pude decirles todo lo que los amaba. Tuve mucho miedo, mucha culpa, mucho amor, quedé agotada... confundida y a la vez por un momento se me cruzó la posibilidad de una esperanza, Dios podía estar un poquito de mi lado... Le pedí a Mauricio que se ocupara de lo necesario para la operación, Ana dijo que ella también me acompañaría para los estudios, no quería irse, finalmente se metió en la cama con nosotros como cuando era chiquita y no quería irse a su cuarto... hace ya tanto tiempo... "Todo va a salir bien, ma" —me decía— vas a ver...

El tiempo se le vino encima, sin tiempo para pensarlo ni darse cuenta. Entre Mauricio y Gerardo lo formal se resolvió en un segundo, los estudios, la internación, la operación, ese lapso borroso entre el dolor y la vigilia, los sonidos amontonados, la gente que sentía alrededor como un sueño, eran como una película que por momentos creía haber visto antes, ¿o la habría soñado?

La memoria tiene sus trucos, se repliega camuflada y después empieza a correr los velos...más que recuerdos tenía impresiones, huellas de sensaciones, le costaba reconstruir los instantes, todo era borroso, inefable, se esfumaba, menos el dolor de la herida, ése era agudo e inolvidable, especialmente cuando intentaba cambiar de posición, su carne tironeada clamaba por la quietud ¿Qué le habían hecho? No tenía fuerzas ni para preguntar, menos para ver. Desde su rígida posición horizontal sólo veía una blanca cubierta de tiras que cubrían su pecho y dos veces al día en intervalos que se le hacían eternos, entraban Mauricio, Ana y Mario, cubiertos por asépticas batas. A Gerardo le había preguntado en algún momento cómo estaban las cosas, le había dicho —no te preocupes, mucho mejor de lo que creíamos, ahora dormí, después hablamos. Sí, quería dormir, estaba tan cansada... abrir los ojos era un esfuerzo supremo, ni que decir el hablar, sentía que se iba de nuevo al sueño, ni siquiera podía soñar.

La sala de cirugía le parecía inmensa y el cálido Dr. Cerrillo quedaba ridículo con esa gorra como de baño y una linterna en la cabeza, le dio un poco de miedo, pero no lo demostró, ella era una chica valiente, se dijo, y además estaban los helados... Su mamá le había dicho que después de la operación podría comer todos los helados que quisiera... además eran sólo las amígdalas, una cosa muy simple, pero ella se sentía importante, en el cole ella iba a ser la única a la que la habían operado. Su papá le había regalado una muñeca antes de entrar, no lo podía creer, ¡un regalo de papá! ¿No sería más serio todo esto? Papá siempre decía que no había porqué premiar el portarse bien, así debía ser, y hacer lo que se debía no merecía ningún premio; y a la muñeca la había comprado él, por que mamá no sabía nada, lo miró sorprendida cuando me la dio y riéndose le dijo —qué suerte, se te escapó el corazoncito, no puedo creerlo. Yo entretanto abracé la muñeca que me pareció la más linda del mundo y dije se va a llamar Trini.

Afuera estaba frío, el sol se había llevado la luz y la tibieza, pero no nuestras ganas de disfrutar la noche en el campo. Prendimos una fogata al mejor estilo boy scout y nos arremolinamos alrededor, guitarra en mano. La luz titilante de las llamas mostraba rasgos parciales y extraños de cada uno, era como un paréntesis de la realidad. Manuel, mi primo, ponía la música de fondo y los demás lo acompañábamos a viva voz. Mauricio, a mi lado, cantaba suave, me gusta su voz, pensé y la forma en que acuna con su canto. No le dije nada, sólo me acerqué un poco más y él abrió sus brazos y me envolvió en ellos, mientras seguía cantando suavemente, acunándome, me resultaba extrañamente agradable esa sensación de sentirme dulcemente pequeña, protegida, rodeada sin sentirme sitiada, podía abandonarme confiadamente, él me iba a cuidar. Cuando la canción terminó miré hacia arriba, me quedé en sus ojos, el apretó su abrazo y nos encontramos en un beso, quería quedarme ahí por siempre.

Una vez más estaba en sus manos, o en sus brazos, una vez más me había cuidado con ternura, me había envuelto en su abrazo de oso tierno y me había dado la sensación de seguridad en un mundo duro. Una vez más había marcado mi lugar con su amor, me había rodeado sin sitiarme, se me había puesto al lado, me había puesto el hombro, con el tacto suficiente como para dejarme circular por mis necesarios vericuetos y divagues, con los tactos a tiempo para contenerme y a su vez empujarme a tomar decisiones "sensatas". Una vez más había sido Mauricio quien me había salvado de mí misma y debía estarle agradecida, y lo estaba, pero a su vez algo, no sé muy bien qué, daba vueltas alborotando el fondo, casi una mezcla de bronca y aburrimiento, no, no es exactamente eso ... pero hay como un cierto enojo... ¿estaré loca? No puedo pedir más pero... tanto equilibrio, tanta justeza, tanta consideración ... Creo que aunque me hubiera dado bronca hubiera entendido algún enojo, un desborde, una apasionada discusión, no sé, tanta "comprensión" me pone un poco loca... me rebela, me hace sentir una hija de puta y a él, aún con su ternura, me lo hace ver como un témpano de hielo en equilibrio, sí debe haber tenido ganas de reputearme, sólo se mostró un poco dolido. A veces quisiera que me respetara menos y se apasionara más, ¿estaré hablando también de mí? Ya no sé nada, mejor vuelvo a dormirme, en una de esas se me pasa la pelotudez que tengo encima... ay, cómo me duele cuando me doy vuelta.

Cuando la vio entrar pensó que se había equivocado de habitación, de todas maneras le resultó agradable. Alta, de unos casi cuarenta, armónica fue la primera palabra que se le vino a la cabeza para calificarla, ésa era también una manía suya, esto de siempre poner adjetivos, el pelo a la altura de los hombros, los ojos pardo claro, como el magnífico tapado, las manos largas y expresivas y una sonrisa mansa que le brotaba de los ojos.

—¿Vos sos Beatriz? Preguntó para mi sorpresa, justo Mauricio había bajado a la administración a arreglar los papeles del alta y como ya estaba mejor, Ana se había ido a clase.

—Sí, ¿por qué? ¿Pasa algo? Pregunté entre alarmada e intrigada.

—No, no te preocupes, vos no me conocés aunque creo que Gerardo te habló de mí. Soy Mariana Estévez.

—Mariana Estévez, sí, ¿Gerardo te pidió que vinieras?

—No directamente, en realidad me había comentado de vos y me había dicho que posiblemente me hablaras. Hoy cuando vine a mi control, le pregunté por vos, diciéndole que no había recibido tu llamado y me comentó que te habían operado y que hoy te daban el alta, que estabas aquí. Entonces decidí venir a verte, yo ya pasé por esto y sé lo difícil que es y sé también que no es fácil llamar a pedir ayuda, así que vine a ponerme a tu disposición, hablar el mismo idioma ayuda mucho. Si querés quedamos para otro momento y nos tomamos un café ¿te parece?

—Disculpame, ni siquiera te saludé, sentate, te agradezco que vinieras. La verdad es que había pensado en llamarte pero... Además me parece que un poco de esto es lo que quería evitar, que los demás tomen decisiones por mí, que yo ya no cuente, pero no, tampoco es eso, me hace bien verte tan bien, es casi como una esperanza y en realidad sé que Gerardo hace todo lo que puede para ayudar, el tema es que la jodida soy yo que no sé ni qué quiero, pero te acepto el café creo que me hace falta.

Y no te tomés en serio lo de la esperanza, sé que no hay muchas.

—Mientras quede una... y mientras estés vos, todo es posible, pero bueno, vayamos paso a paso, qué te parece si te llamo mañana a ver cómo estás y ahí arreglamos algo Debés estar muy floja todavía ¿no?

—Un poco. Bárbaro, llamame a casa y vemos, tenés el número?

—Ya lo anoto y te dejo el mío de nuevo, cualquier cosa, no importa la hora, me llamás. Se te mueven muchas cosas y poder compartirlas con alguien que ya las pasó y las pasa achica bastante el pánico. Cuando a mí me operaron la primera vez, vino Graciela a verme y no sabés lo que fue, ya la vas a conocer, es una mina fantástica y la sigue peleando, se quedó toda la noche. Bueno Beatriz te dejo, mañana te llamo.

—Ok y muchas gracias.

Bastó que Mariana cerrara la puerta para que se le vinieran todas las lágrimas del universo encima, se entregó al llanto, con espasmos y sollozos, sin reparos ni barreras se metió tan adentro de su llanto, su miedo, su presión que ya ni pensó si alguien podía oírla, verla ... el llanto la sobrecogió con una fuerza arrolladora, cada espasmo le hacía tirar la herida y sumaba a su mismo llanto la dimensión del dolor físico, intenso, lacerante, irreductible. Se desgarraba en cada sollozo, en cada gemido, en cada lágrima y a la vez las sentía como una liberación. Pensó en el parto de Ana, esto era como las contracciones, espasmo, dolor, pujo y finalmente la liberación, la salida a la vida, la pérdida del cordón, del vinculo estrecho y dependiente, el desafío de otra vida, palpitando, dependiendo, siendo otra, tenía también que nacer de este dolor la nueva Beatriz, le estaban dando a luz, quién sino Dios y ella misma o la vida con todos sus actores. Se abría otra instancia o un paréntesis protegiendo o cerrando las operaciones internas y el apoyo y el ofrecimiento y la valoración de cada instante, de cada posibilidad, del aire, de la risa, del suspiro, del grito, del enojo, del silencio reticente y autosuficiente, la posibilidad de compartir, de dejarse ayudar, cuidar, el reconocimiento del límite.

El límite del llanto lo puso una vez más Mauricio con su abrazo contenedor y cómplice, la acunó en su pecho hasta que lacia y envuelta por sus brazos la alcanzó la sonrisa. Empezó a vestirse como en un rito, con reverencia fue cubriendo su cuerpo para salir al mundo que se le abría de nuevo, ya no sería una coraza su armadura.

La visita de Inés la movilizó entera, siempre había tenido esa virtud, pero esta vuelta fue diferente, ya la tierra estaba arada y en los surcos, la semilla de una nueva búsqueda estaba empezando a abrirse. Era por otro lado tan difícil poder transmitir todas las cosas que le habían pasado a un ritmo de cambio tan vertiginoso. Pero bueno, no hizo falta, desde la emoción la conexión se estableció inmediatamente y se sintió una vez más contenida y develada como para poder expresar el universo de sensaciones que la habitaba.

Se le hizo clara su necesidad de no ayudar a la muerte a llegar a su puerto, también su necesidad de ayuda. Sola no iba a poder y además no quería, anhelaba una mano para ir a la par, un hombro para llorar y un espacio para juntar fuerzas y desvanecer fantasmas. Inés, que también conocía el trabajo de Mariana, la alentó para que se acercara —te va ayudar —le dijo— conozco casos en que hasta han logrado revertirlo, vos y yo sabemos como funciona esto, el tema es darse cuenta, que no tiene nada que ver con saber, ¿no?

Es increíble cómo cambian las cosas según la mirada. Su casa fue otra a pesar de ser la misma, el teléfono ya no fue el intruso que atentaba contra su intimidad sino una extensión de su cuerpo que la hacía llegar a los que no podía tocar con la mano.

Más que nunca necesitó el contacto y se lo permitió. Gozaba hasta tocando la superficie suave de su cubrecama llena de flores, eran una reafirmación de sus posibilidades, el dolor de la herida fue menguando a medida que pasaban los días y crecía su confianza en esta nueva oportunidad. Era tan frágil el límite entre la vida y la muerte y tan inmediato...

A Mariana cuando la llamó le dijo que todavía no estaba lista para ir al grupo, que le diera unos días más, que si ella quería pasar, encantada pero que todavía estaba muy floja.

La noche estaba tibia y los sonidos de la vida eran un canto suavemente profuso. Sola y sin sentir la soledad, caminaba por la playa. Había llegado hasta allí buscando el reflejo de la luna sobre la inmensidad en movimiento. Las olas rompían refulgentes en el rayo de la luna, el arrullo del agua la acunaba en esa especie de sueño que era esa noche maravillosa. Respiró muy hondo, como queriendo tragarse la plenitud de ese momento. Los pies sobre la arena húmeda bailaban la intensidad como sensación. Se sintió tan íntegra, tan viva, que al cabo de unos segundo se le escapó la voz en *Mediterráneo* de Serrat, las notas y las palabras se deslizaban como el agua, corrían buscando lo profundo, el cauce y se adaptaban en el aire celebrando con júbilo la existencia y ella era una parte más de la perfección de la naturaleza, un eslabón agradecido de la cadena de vida, entregando a la brisa su paso, su voz, su sentimiento, su corporalidad tangible y real, su energía plena.

Su panza redonda y fecunda la llenaba de orgullo. La vida que llevaba adentro la asombraba en cada movimiento, era el destierro absoluto de la soledad, no había forma de no sentir el pulso de ese otro ser que iba creciendo pujante en su barriga. Además era síntesis, unión, era ese vínculo indisoluble que la unía a Mauricio como padre, fundadores irrenunciables, coautores indisolubles. Él se había ido dos días antes a New York, lo extrañaba tanto y a la vez lo tenía tan adentro... ¿qué iría a ser? Le encantaría que fuera varón por Mauricio, pero en realidad cuando se la imaginaba la veía mujer, si ya le salía naturalmente "la imaginaba", y le había comprado casi todo rosa. Serafina decía que por la forma de la panza no había duda; chancleta va a ser, niña. Disfrutaba el haber vuelto al campo en este tiempo, le encantaba escuchar a Manuel dando indicaciones, el lenguaje sencillamente metafórico de los peones, la lengua sabia y vivaz de Serafina, se sentía radiante y cuidada por la vida. Ella misma era esa maravillosa conjunción de agua y tierra, de ola y simiente, de danza y quietud, de misterio y revelación.

Salió a caminar por la zona de los corrales, el aire tibio de la siesta le acariciaba la piel y le calentaba el alma, pensar que sólo faltaban tres meses para tener la bebé en sus brazos. Por momentos le daba miedo pero se apoyaba en la maravillosa sensación de sentir los movimientos de la vida en sus entrañas y sentía que tendría la fuerza y el coraje para enfrentar cualquier cosa, se sentía parte de la cadena de la vida, un eslabón más del milagro de la naturaleza, sólo tenía que permitir y gozar, sólo tenía que acompañar el crecimiento, ser la flor abriendo el cáliz.

La distrajo el sol sobre la inmensidad, se sintió al mismo tiempo rayo y centro y miró su sombra e infantilmente jugó a cambiar las formas. Era tan fácil... con sólo una inclinación era otra... La risa le inundó el corazón. Sentía que la bebé también reía en su panza.

Tiempo de gestación... si ése era el tiempo, el recuerdo le había traído el tiempo fecundo y feliz del embarazo de Ana, tan lejos y tan cerca, tan otra y tan la misma... Este era el tiempo de gestarse a sí misma nueva... y de abortar toda posibilidad de gestar otro de ese puto cuerpo que le había crecido en su desproporción, en la ambición de ser imparable, de crecer, de sobrepasar los límites que la naturaleza impone naturalmente, la única palabra que se le aparecía como imperiosamente necesaria era la humildad, sí, quizás esa misma humildad con la que aceptó el maravilloso don de la vida creciendo en sus entrañas, la misma natural humildad con la que jugaba con su sombra feliz en su embarazo... hasta podía pensar en la maravillosa liviandad de su peso en esa época, era algo del alma y también estaba en el cuerpo. Estaba siendo a la vez partícipe y portadora, fundante y vehículo; en fin misterio, pero gozozo, no doloroso como ahora o mejor como el último tiempo.

Gestarse, gestar, además de crearse o recrearse esto tenía también que ver con los gestos, gestos de la cara, de las manos, del cuerpo, gestos de afecto, de aceptación , de entrega, de rechazo, de humildad, de nuevo la humildad tocando la puerta; sí definitivamente debía ser la clave. Pero

¿cómo encontrarla? ¡hasta la hache en su mudez la presagiaba! En algún rincón de su alma iba a reencontrarla.

El sueño la colmó de nuevo. Se le desdibujaron las palabras, las imágenes, solo atinó a enrollarse en las sábanas y se perdió en lo mullido de su almohada.

Después de los primeros días llenos de visitas y emociones expresadas o contenidas según el caso y el momento, intentó volver a la normalidad, aunque ya no sabía muy bien cuál era la normalidad en esas circunstancias. Tenía que ser otra, tenía que aprovechar esta segunda chance que le daba la vida, cada rayo de sol era la luz que derrotaba la oscuridad como posibilidad. Empezó a rodearse de velas en la noche, le gustaba la magia y ese inmenso poder de una titilante llama de derrotar con su humildad la inmensidad de la oscuridad, podía crear sombras también titilantes y danzarinas que la llevaban a mundos de fantasía como las manchas de humedad, pero quitaban definitivamente lo absoluto de la oscuridad. Casi se podía equiparar a la esperanza.

Empezó a retomar algunas rutinas, las visitas de Mario de todas las tardes la volvieron a momentos anteriores, recuperaban la complicidad sólo perdida por la falta de tiempos. En los últimos tiempos se habían quedado sin motivos para la complicidad, más que sin motivos, sin ocasiones. Cosas de la vida moderna, solía decir despectivamente mamá, y bueno, de alguna manera tenía razón, aunque no sé si el aceleramiento es patrimonio de la modernidad o de una estúpida pretensión de omnipotencia.

Soy Beatriz y me han extirpado un tumor de pulmón hace veinte días... estoy casada con Mauricio y tengo una hija, Ana, de veinte años... mi madre murió de cáncer de pulmón... mi padre, del corazón... Cuando me dieron el diagnóstico decidí que no iba a hacer nada.. pero.... finalmente... después de un mes acepté la operación... y ahora... ahora... tengo que empezar la quimio... y quiero intentar curarme... creo que ustedes me pueden ayudar... por eso estoy aquí y... tengo miedo... aunque a veces me cuesta reconocerlo.

La sonrisa franca de Mariana la sostuvo, debían ser como veinte caras las que la miraban, casi podría decir que con comprensión, lo que si era seguro era que la miraban con continente atención, recorriendo con ella cada pausa y hasta la dificultad para decir en voz alta lo que le estaba pasando, ellos ya habían pasado por eso, ellos estaban en el mismo tren, quizás en diferentes vagones y con diferentes cargas pero en el mismo tren. Uno a uno empezaron a presentarse con la dramática sencillez de sus diagnósticos a los que le sumaban los años de sobrevida, los nombres le zumbaban en los oídos como enjambre, ¡estaban vivos!, rezumaban fuerza, energía aún los que en el trance estaban perdiendo el pelo o el color. Se entregó a la marea y se dejó llevar por la mezcla de sensaciones dolor, esperanza, optimismo, serenidad, coraje, soporte... salió llorando... no sabía bien si era por ella o por la fuerza indiscutible que exhumaban de sus tumores y temores plantados sobre el reconocimiento y la esperanza... No estaba triste sino profundamente impactada... sacudida... ¿desilusionada?

Sentía una vez más la fuerza arrolladora de la convicción ¿de los otros? Ya también era un poco la suya. Así como antes había sentido la certeza profunda y contundente de la muerte, ahora podía vislumbrar la posibilidad de seguir viviendo, sí, en realidad era lo que estaba haciendo, hasta este sentir la muerte cerca era una prueba irrefutable de la vida, ¡¡estaba viva!! Sí, lo que había empezado a cambiar era esta sensación de presente. ¿Tenía que ver con la aceptación? Miró las luces de la calle y le parecieron guirnaldas de kermés, como las luces de fiesta de niña, todo era cuestión de tener puntería, o sacar la sortija mientras la calesita daba vueltas transportando caballitos que subían y bajaban. Respiró hondo, como queriendo tragarse toda la luz y sintió que la sonrisa se extendía por todos sus músculos, empezó a caminar con paso liviano, casi una danza, mientras avanzaba a través de su piel se le metía la vida de todas las cosas y la gente que veía, que la rodeaba, que la deslumbraba en una alegría inexplicable pero cierta.

Cuando llegó a su casa se sentía radiante. Ana la estaba esperando con esa mirada disimuladamente vigilante que había adoptado desde su vuelta de la clínica. Es increíble la variedad de disfraces que usa el temor. Se le acercó sorprendida y como en broma preguntó.

—¿Quién se te ha aparecido que venís con ojitos brillantes?

—A que no adivinás, contestó entrando en el juego.

—Vamos, má, no te me hagas la misteriosa y contame. Me encanta verte tan contenta pero muero de la intriga. Bueno, en realidad no importa por qué, así que no rompamos la magia y vamos a festejar. Papá habló para ver si queríamos salir, ¿qué tal unas empanaditas?

—No bebé, gracias, me encantaría quedarme en casa. Si querés pedimos empanadas pero estoy feliz de estar acá. Yo ya lo llamo a tu padre, mejor comemos en el jardín y les cuento, vengo de la reunión con Mariana, y para tu tranquilidad no hay ningún pretendiente, por ahora, agregó riéndose.

La verdad, cada día le gustaba más su casa, estaba tan llena de vida, de historia, de colores, de rutinas además se sentía acogida, contenida, sí, hasta reflejada y sentía que necesitaba estar ahí. Guardaba sus secretos, aún más allá de ella misma. A veces se los revelaba abruptamente a través de un cajón olvidado o simplemente de una nueva mirada a las cosas de siempre. Federico, el amigo de Inés siempre le decía que su casa era tremendamente indiscreta, hablaba muchísimo de ella, y empezaba a hacer analogías que le daban entre risa y vergüenza pero en realidad sus comentarios eran bastante acertados, hasta los de sus defectos descriptos a través de lo a veces "ampuloso del ventanal" o de "los elementos racionalistas de la escalera". Ahora debería apoyarse en lo "armonioso del jardín", en "la simplicidad cálida de la madera" en "la audaz mezcla de la memoria y la novedad" con que nombraba su combinación de antiguo y moderno y su afición por las artesanías originales.

Hacía años que no lo veía a Federico. Le divertía mucho su forma de describir. A Mauricio por ahí lo agotaba su amaneramiento pero también le tenía cariño. Debía seguir en Francia. Ya le preguntaría a Inés, sino seguramente la habría llamado. Era de esas personas que sabían acompañar y que con ironía ponían un toque de humor a la peor tragedia y la rodeaban de un cariño ligeramente ácido.

Cuando en la comida les contó de la reunión le pareció que no entendieron muy bien el porqué de su cara de alegría, pero se alegraron de que hubiera ido. Supo una vez más que hay experiencias que son intransferibles sin embargo se sintió acompañada y feliz.

¿Quién era el que había paseado por su sueño con tanta energía? No lograba descifrarlo, sabía que tenía que ver con la esperanza, sobre todo por la forma ondulante de moverse, casi de desplazarse, era absurdo quizás pero se presentaba como un hombre que no conocía y que sin embargo de alguna manera la separaba buenamente del destino de su padre ... ¡Qué cosa extraña y reveladora eran los sueños! Quiso volver a hilvanarlo pero le quedaban más las sensaciones dentro del sueño y al despertar que el argumento. Sabía que en algún momento había sentido alivio y luz, ah, sí, había sido cuando el ondulante desconocido se interponía ante un camino largo y oscuro que terminaba en la tumba de su padre y su interposición era una especie de baile, de disputa sin lágrimas, firme y dulce. Aparecía una niña muy parecida a una versión de ella misma de 10 años, que miraba entre intrigada y fascinada el camino a la tumba. Reconocía esa sensación, a veces la había nombrado como la poderosa atracción de lo siniestro, sentía que de alguna manera, casi perversa, la seducía y a la vez la horrorizaba. Era como esas situaciones en las que uno pasa frente a un accidente y no puede dejar de mirar lo heridos que están los heridos, sintiendo la macabra fascinación del horror.

Sin embargo ese hombre de alguna manera la salvaba de esa atracción que por momentos sentía fatal. ¿Quién sería? ¿qué sería? En realidad no importaba, la sensación era una mezcla de alivio y esperanza. Había otro camino, o la libertad para elegirlo. Le volvió la imagen del sueño del túnel y de la muñeca, no se acordaba muy bien cómo era pero había la misma sensación de luz al final y también en algún lado de ese sueño en el que estaba su padre. Cerró los ojos y dejó que los pensamientos navegaran a su antojo, ya se ocuparían las sensaciones de asociarse... ahora ella tenía sueño.

La primera quimio fue un ritual de ofrenda. Ella, víctima y oficiante. Le costaba a pesar de todo aceptar la renuncia y el desafío, no sabía bien si estaba vengando, pagando, expiando, ofreciendo, apostando o simplemente entregándose a un camino inexcusable, sentía el fuego de la droga corriendo por su vena, las arcadas amontonadas en su tráquea, la esperanza rebotando en sus razones y la firme presencia de los que la querían, ¡qué mezcla inmunda! ¿Por qué ponía todo en la misma bolsa? Las caras y las voces de los del grupo se le entremezclaban con el dolor. ¡Ellos pudieron! ¡¡¡La puta madre!!! De pronto todo se hizo oscuridad y una paz inmensa la rebalsó. No. No era la muerte, sentía las voces de Mauricio y Ana, Mario también estaba diciendo algo, tuvo la certeza de que iba a poder, este era sólo el camino... cuando abrió de nuevo los ojos ya sin bronca se encontró con los ojos de Mariana que la sostenían. Sintió un profundo agradecimiento. Había cruzado el primer umbral.

Las nauseas, el dolor, la diarrea, los rayos quemándole en fugaces exposiciones, la piel y las internas capas de su carne, el torso marcado por puntos y coordenadas negras que señalaban lacónicamente el territorio del ataque, las caras en la sala de espera, las recetas esperanzadamente mágicas, las caras cambiantes de la lucha con la muerte, los condolidos o fuertes acompañantes, los gorgojos, la crotoxina, los lisados de corazón, el agua de la virgencita, la remolacha en cantidades extraordinarias, los bajones, la algarabía de alguna festejada cura, se volvieron paisaje cotidiano, espejo y fotografía, habitat de la esperanza, cláusula de sobrevivencia, experiencia compartida.

Nunca era igual pero de alguna manera era lo mismo. No siempre eran los mismos, había bajas y altas, deserciones asumidas. Pañuelos tapando la calvicie, pelucas cada vez más naturales, ojeras resentidas, esperanzas potenciadas y una profunda sensación de transitoriedad acometida.

Ya también ella era parte de ese paisaje. También y con la misma fuerza se aferraba a la esperanza, recetaba las nuevas alternativas, asistía protagónicamente a la danza de las interpretaciones, ponderaba los avances, ocultaba con pudor el dolor, alentaba las descerrajadas aperturas que le estaban dando los encuentros tanto con su terapeuta como el grupo de autoayuda.

El mundo de afuera por momentos le parecía irreal o insustancial, según el momento. Sólo algunos días el mundo de los sin cáncer tenía la misma intensidad que su dimensión. Sentía agradecida los intentos de los otros por sumarla al bando de los sanos, pero la realidad es irreductible... Bueno, también formaba parte de esa irreductible realidad su disposición a participar de la existencia en el proceso que hiciera falta. Se sentía a veces sola tanto en su dolor como en su esperanza, aún cuando tuviera tanto apoyo y acompañamiento... al territorio del dolor y al del miedo sólo se lo atraviesa con la propia alma, nadie lo puede pasar realmente con nosotros, es como la muerte, pueden estar al lado nuestro pero nadie puede morir ni por nosotros ni con nosotros, en realidad esto vale para todo, lo demás es fantasía e ilusión y muchas veces funciona, ¿no?

La mañana estaba tibia, el viento de la víspera había decidido dejar de soplar enfurecido. Se vistió con calma y después de abrir las ventanas, decidió que el jardín era una buena alternativa. Portando libros que quizás no abriría bajó al encuentro con el día.

Puso a Sabina a todo volumen y se acostó en la reposera, no podía ponerse al sol todavía. El día anterior Inés se había quedado hasta tarde, como siempre había sido una buenísima oreja, y además la había puesto al tanto de toda su galería de personajes que tanto la divertían. Estaba fascinada con sus nuevas clases de tango, decía que era como la danza de la vida, tenía todo el ritmo, la pasión, el drama y requería la proximidad, el entendimiento. Nunca le había gustado mucho, era algo que hacían sus padres, pero quizás Inés tuviera razón, se podía aprender mucho de la vida bailando el tango ... Quedó en que la acompañaría una de estas noches... Mauricio recién volvería pasado el jueves y Ana estaba en plena entrega, así que la casa estaba bastante vacía.

Mario la acompañaría esa semana a las sesiones, se estaba portando tan bien, qué boludez lo que pienso, como si fuera un chico, portándose bien... ¡¡qué absurdo!! En realidad estaba siendo de nuevo ese compañero insustituible

de la infancia, volvían a reír juntos, se burlaba cariño-
samente de su maldita costumbre de disimular el dolor y
mucho más el miedo, después se ponía serio y atravesaba
con preguntas y recuerdos las corazas del olvido y volvían
a reír despreocupados. Nunca le faltó su mano firme
sosteniéndola cuando le parecía que se le oscurecía el alma.
Sacaba un chiste de la galera y todo empezaba a aclararse.

El teléfono la sacó del ensimismamiento, raudamente la
volvió al presente. Atendió como viniendo de lejos. Al
principio no lograba darse cuenta de quien era: Juan José
Aguirre, estaba tan fuera de contexto, después pudo
reconocer ese tono entre seductor y burlón con el que la
llamaba "querida señora". ¿Cuántos años hacía de eso? La
verdad que también hacía mucho que no sabía nada de doña
Julia, la benemérita tía y buena vecina. Le gustó escucharlo,
el que empezara con ese tan insolente señora era ya una
invitación al juego y ¡cuánto necesitaba jugar! Además el
contrincante o compañero bien valía la pena, tenía la dosis
justa de rapidez y ternura como para moverla.
　—¿Qué ha sido de tu vida, hombre? Hace miles de años...
　—Bueno, para los buenos recuerdos no pasa el tiempo
y para las mujeres como vos tampoco, ¿no?
　—Las mujeres como yo... Y eso ¿cómo se lee?
　—No hacen falta anteojos. Magníficas y escurridizas.
　—Bueno, bueno. Esto se está poniendo interesante.
¿Cuándo llegaste?
　—Hace unos días. Tenía que arreglar varias cosas pero
no he dejado de pensar en verte desde que llegué. Esta
vuelta no me vas a negar un café ¿no? O mejor aún, ¿qué
tal si salimos a comer? Como buenos y antiguos vecinos.

—¿Tengo que imaginarme el resto de tu historia? O vas a contármela directamente...

—Me suele resultar más divertida tu versión... Yo prometo ensayar una versión de la tuya...

—Suena más que prometedor, me gusta, hasta me intriga ¿Hasta cuándo te quedás?

—Ah, eso es parte de tu tarea de imaginación, esa parte de la historia la tendrás que poner vos, lo único que te puedo adelantar es que hasta esta noche estoy acá. Libre y disponible... ¿vos?

—¡Qué manera de apurarme! Bueno, has caído en buen día, yo también hoy estaré acá, por ahora libre y después de esta propuesta, disponible. Es un desafío a la imaginación al que me cuesta renunciar.

—¿Paso a buscarte a las 9?

—Ah, yo había entendido que era a almorzar, me gustaría más si es que podés.

—Señora, sus deseos son órdenes, puedo arreglarlo, pero prométame que me va a esperar con los ojos iluminados.

—¡Por Dios, Juan José! ¿No querés que nos encontremos en algún lado? Así no te venís hasta acá.

—Como quieras, vos poné el lugar y la hora, yo te espero.

—Te acordás del restaurant griego de la vuelta de lo de mamá? Nos encontramos allí a la una y media. ¿Te parece?

—Me encanta. Hasta entonces. Un beso.

¿Qué locura era ésta? Cuánto hacía que no lo veía? Además había sido tan fugaz ... La había dejado dura cuando le contó lo de su padre. Le había hecho mucho bien, quizás por eso había agarrado viaje tan rápido. Esa vez al final había ido una noche a comer a su casa con doña Julia. A Mauricio le había caído regio, tenían mucho en común. A ella le divertía. De alguna manera especial la hacía sentir más viva. ¿Qué se iba a poner? Todo le estaba quedando grande. El vestido tejido colorado quedaba bien aún suelto, además ese color le sentaba y tenía el saco, mucho colorete para tapar la palidez, unos buenos aros y por supuesto, el antiojeras, se iba a tomar su tiempo para maquillarse, no quería hablar de la enfermedad, tenía que estar espléndida. ¿Qué habría sido de su vida en estos años? Para inventarle una continuación de historia necesitaba verlo, lo divertido de ese juego era ir significando los indicios, interpretando las señales para armar una historia, tenía que ver además con la observación, de nuevo con la mirada. Siempre esa era la clave. ¿Cuál sería su mirada? ¿Se daría cuenta de todo lo que había pasado? ¿Hacía falta? En realidad, lo único que cuenta es el presente. Macanas, mucho de lo que pasa hoy viene de antes ¿no? Sí, pero en realidad no hacen falta las anécdotas, sólo los hechos o los procesos. ¡Qué bueno! Mejor empiezo a prepararme. Tengo que dejar todo arreglado acá y ah, cierto que hoy iba a venir María Luz, la voy a llamar para que se dé una vuelta a la noche. Mejor si no está así le dejo sólo el mensaje y no tengo que explicarle, después le cuento todo.

No había perdido nada de su gracia, seguía buenmozo, algunas arruguitas más alrededor de los ojos le añadían casi encanto. Impecablemente vestido, quizás unos kilitos más, un poquito de panza, nada voluminoso. No había perdido un pelo, ¿un poco más canoso? Y él, ¿cómo la vería? La sonrisa ancha y seductora. No. No tenía expresión de decepción, más bien de gusto. La abrazó fuerte y hasta la retuvo, le gustó la sensación, buen perfume, firmeza... la rodeaba, la tomaba, la envolvía... era bueno apoyarse en otro pecho, él era mucho más alto. Se desprendieron, se miraron con el gusto del reencuentro, con la mirada larga del reconocimiento deslizándose por la superficie y el interior de cada uno, con la liviana complicidad del juego.

¿Y cómo seguiría este juego? ¿Con las reglas de las escondidas o con las del tejo? ¿saltarían en un pie por el camino hasta llegar al cielo o se buscarían en la oscuridad hasta encontrarse o gritaría alguno piedra libre, al no poder ser agarrado? Bueno todo era cuestión de esperar y ver cómo se iba armando ... Por ahora no le disgustaba ninguna de las posibilidades.

—Sos maravillosa, cumpliste la promesa.

—¿Qué promesa?

—Los ojos, como te pedí, iluminados. Sólo a vos te brillan de esa manera.

—Juan José, ¡¡no tenés remedio!! Pero ¿sabes? Me encanta.

—A ver. Hum... tengo que mirarte bien para hacer mi versión de la historia, mal no se te ve, no hay muchos signos de sufrimiento, buen color, buena forma, parece que te han querido bien y que te ha sonreído la fortuna en estos años de no verte.

—¿Así se ve? Pero con eso no me conformás. Tiene que ser con detalles e impresiones. Eso es lo que me gusta de tu mirada.

—Seguís casado, no has tenido más hijos, tu mujercita aún concibe el mundo como el ordenado lugar de tu casa en el que tu foto queda bien a su derecha y con los vástagos a su izquierda, vos aunque la querés mucho, has bebido en otras fuentes y te nutrís de otras mesas, nada que realmente la altere, nadie ocupa su lugar, son otros los espacios compartidos.

—Bueno, bueno, señora, usted está cada vez más gitana y su mirada mira cada vez más lejos, ¡¡para atrás y para adelante!! Además ha embellecido sus metáforas, casi hace que me guste aún lo que no me gusta de la realidad...

—¿Encaja bien?

—¡¡¡Y cómo!!! Le has puesto palabras a lo que me pasa y a veces no sé cómo nombrarlo. Siempre tan desconcertante y tan armonizante al mismo tiempo. Y sí, ella tiene ese lugar tan suyo en mi vida pero también hay mujeres, como vos por ejemplo, que tienen un espacio tan grande y tan importante y tan complejo en mi mundo y sin embargo tenés razón, aunque quizás ella no lo entendería, no le quitan su lugar. ¿A vos también te inculcaron esa puta mentira de los amores opuestos? Como si uno no estuviera compuesto por mil facetas. Nadie puede ser todo para nosotros ni nosotros para nadie y ¿por qué habría que renunciar a crecer?

—¡Epa! Parece que metí el dedo en la llaga y ¡¡¡cómo arde!!! Ahora el que tiene los ojos superiluminados sos vos y me gusta y aunque sí me inculcaron toda esa mentira de lo excluyente, ya no me la creo y no pienso renunciar a seguir creciendo ni con vos ni con nadie. ¿Brindamos por eso?

—Por eso me encanta juntarme con vos. ¡A tu salud!

—Bueno, ahora es tu turno de adivino, ¿cómo anda esa bola de cristal?

—Mejor comemos primero así se le cargan las pilas, después te cuento.

El brindis me dio tan justo en la llaga que agradecí la llegada del mozo con los platos, disfruté mirar sus manos enérgicas cortando la suavidad del pescado, sus ojos mirándome hondo mientras a mí se me mezclaban los secretos y los descubrimientos y sentía que en algún lugar y por alguno de esos milagros de la existencia no hacía falta contar para sabernos. Mi pollo se deshacía en la boca con el sabor de la simplicidad y los colores refulgentes de las verduras me llenaban de energía y de belleza.

Con los postres volvimos a la carga, a las historias había que ponerles el cuerpo y allí estaban los nuestros llenos de vitalidad y de gozo esperando.

Los ojos no podían despegarse y las palabras empezaban a ser suntuarias, a veces sólo una contrapartida de lo que estaban diciendo las miradas. Mientras me hablaba de las gotas de verdad que se escapaban de mis palabras cuando yo le hablaba de Ana y sus estudios y de cómo me emocionaba verla tan grande y cuánto de mí veía en ella, yo seguía la danza cadenciosa de sus manos y me descubrí deseando que me alcanzaran, que me recorrieran explorándome como me estaba explorando el alma su mirada. Encendida en mi deseo lo oía en lontananza y él bailaba la misma danza y creo que si seguía hablando era sólo para no quebrar la magia y en realidad yo contestaba con sonidos que estaban más allá del contenido, las palabras eran música, notas que nos transportaban, sonidos preparatorios de un encuentro impostergable y largamente postergado.

De pronto le dije —paguemos y vámonos.

Él me miró largo, interrogante, entre transportado y confundido.

—¿Estás segura?

—No tengo más tiempo para dudas.

Lo demás fue un tiempo etéreo, una nebulosa entre la mesa y su cuarto de hotel olor a limpio. Sus manos por mi cuerpo desvistiéndome, mis manos repasando sus contornos y los labios recorriendo los misterios y esa a la vez desaforada y profunda cercanía, y la risa asaltando las cornisas y las lágrimas corriendo por mi cara cuando en un estallido temblamos el encuentro; y él tomándome con todo su cuerpo al salir del mío y yo acurrucándome como una niña y apretándome a él como una hembra.

Y enjugó mis lágrimas con besos mientras me susurraba ¿qué te pasa? ¿Qué te pasa?

Y yo sin querer diciéndole estoy feliz y también puedo estarme muriendo y tengo vida y tengo miedo y Mauricio y tu mujer y mi cuerpo marcado con estas cruces. ¿No te das cuenta? Son para lo rayos yo no quería contarte y lo estoy haciendo y estoy bien y lloro como una tarada y me río y me siento viva y no sé que mierda estoy haciendo aquí con vos en este momento y estoy feliz de estar al mismo tiempo, ¿podés entenderme?

Sus brazos me envolvieron más fuerte, me tapó la boca con su cuerpo mientras me decía en voz baja —ya está chiquita, no hable más, no hable, venga aquí conmigo, no hable.

Sólo las respiraciones sonaron al unísono, los últimos rastros de mi sollozo y me apreté fuerte, fuerte hasta que el llanto volvió a la risa y pudimos vernos.

—¿Cómo ha sido esto? Me preguntó mientras dibujaba las cruces con sus dedos mansamente.

—Como son estas cosas, uno las ve de repente. Primero no quise hacer nada y anduve navegando a la deriva con mi muerte, después aposté unas fichas y elegí vivir con gusto hasta que me muera, sea cuando sea, y estas crucecitas y estas líneas son el recorrido de una de las esperanzas. No está tan mal, no creas, estoy entendiendo algunas cosas y cada segundo está siendo una fiesta, a veces negra, pero fiesta al fin.

—Y yo no me di cuenta... cómo me iba a imaginar... mi Beatriz de los ojos iluminados ... ¿es al pulmón como tu madre?

- Sí, pero no es lo mismo que el ajeno, obvio, ¿no?

—¿Puedo hacer algo para ayudarte?

—Lo estás haciendo aunque no pensaba que íbamos a llegar acá en este almuerzo.¿No ves? Me desconozco, lo mío con vos era otra cosa y hoy también es esto, y este momento y me gusta y tiene que ver con eso que decíamos antes de la puta educación, o más bien la educación que nos hacía sentir putas si dábamos lugar a más de uno en el corazón y en el cuerpo, ¿y sabes qué? Nos caben millones y ¡¡¡respetuosamente!!! Y siento que esto tiene que ver con tu mujer y con mi marido y con tus hijos y con la mía y con mi madre y con mi padre y con tu querida tía Julia y con el cáncer y con el consorcio y con la muerte y con el miedo y con la vida y con y con... y con tantas cosas más que no sé ni sabré nunca y vos tampoco... y sin embargo no cambia ni el vínculo con tu mujer ni con mi marido ni con mi hija ni con tus hijos y ta ta ta... y hasta que puede que enriquezca esas relaciones y no sé para dónde y me cuesta decirlo porque siento que todo está junto como en una calesita y los caballos suben y bajan sobre su eje mientras la calesita da vuelta y alguien intenta sacar al mismo tiempo la sortija y todos vamos allí arriba, dando vueltas y más vueltas y en cada vuelta nos reímos más, y se nos abre el mundo y se nos cierra al mismo tiempo... ¿Te enloquecí? ¿Entendés lo que te digo? Yo no sé si lo entiendo pero lo siento así con este vértigo donde todo da vueltas y entonces puedo ver el hilo aunque no pueda explicarlo.

Y la fuerza de su abrazo conteniéndome y la luz de su mirada mirándome y siguiéndome en mi desenfreno y su entusiasmo sin palabras ni interrupciones y estrechándome fuerte dijo:

—¡Por eso te amo! cuando siento esa vorágine confusa y clarísima al mismo tiempo me emociono y digo ¡ahí está, es éso! Y sé que son relámpagos y que no vamos a vernos en mucho tiempo pero ese destello que abriste en mí me ilumina y vas conmigo a donde vaya.

Me esponjé como un gato entre sus brazos y me quedé ahí latiendo fuerte y en silencio intenso, no había nada más bello y nos ganaron de nuevo los besos lentos y el encuentro y la risa y el gozo y la totalidad sin tiempo.

Y de nuevo mi caballo desbocado silbando el viento y yo presumiendo y escapando de Esteban, invitándolo para que me alcanzara y después la oscuridad del golpe y la luz brillante de un millón de estrellas estallando destellos en mi cabeza y la calesita de imágenes cada vez más rápido, cada vez más desdibujadas, más fundidas, más brillantes, una línea de luces marcando el recorrido, todo conectado, sin separación, como en un trompo, girando, girando, girando y una nueva versión: Esteban entra al sanatorio, yo lo miro hondo y esta vez no me refugio en la ambigüedad del miedo a descubrirme o a perderlo y le muestro mi levedad y mis luciérnagas y entonces aparece corriendo la muñeca de trapo del sueño y se mete en el túnel y arremete a través de la oscuridad hasta alcanzar esa luz que ve en el extremo y papá me espera riéndose y me señala la muñeca y me dice que me quiere mucho y me mira con amor cuando yo sigo y de pronto es César el que me está mirando con cariño y yo me voy con Mauricio que también es Esteban y Juan José y sí, ésa es mi cara, también soy yo y de pronto todo el lugar se vuelve de espejos y yo me multiplico en imágenes mías y de los otros en mí al mismo tiempo. Y me paro y miro todos estos reflejos y son miles de caras en mi cara y van cambiando y de pronto somos un montón en este mismo cuerpo y es... ¡¡lindo!! Y si me muevo veo que todos estos se mueven y si me río todos cambian su expresión y empiezo a jugar con morisquetas y a correrme y me aparecen más rostros conocidos y más cuerpos en mi cuerpo o detrás de mí y los espejos de todos lados además nos llevan al infinito... y me viene una risa tan pero tan profunda que suena lejísimos repitiéndose en un eco... y de pronto abro los ojos, estoy en mi cama y sola y las flores de los almohadones no son un reflejo en el espejo. Miro la hora y son las 6.20.

El sueño aún le daba vueltas en imágenes. No quería ponerle palabras. Cuando volvió a su casa al mediodía Ana la estaba esperando para almorzar, sintió extraña y natural al mismo tiempo la normalidad con la que la vida seguía su curso más allá de la irrupción de lo impensable hasta entonces. La presencia de Juan José no cambiaba nada y cambiaba todo al mismo tiempo. Ese era su lugar. Y sentía que no había habido infidelidad, ni traición, ni nada de esas cosas de las que tantas veces había hablado desde las reglas de integridad, era sólo y nada menos que una expansión que incluía y reconfiguraba todo y tampoco a esto había que ponerle palabras como al sueño. Ana la sacó del pensamiento diciéndole.

—Má, bajá, ¿querés más o no? Si no me lo como yo.

—Sorry Anita, me distraje, no, yo no quiero más, en realidad no tengo hambre. La verdad es que muero por una siesta. Ni siquiera voy a tomar café así guardo el sueño. ¿Vos salís ahora?

—Sí, tengo práctico pero vuelvo temprano, si querés saco una película y la vemos juntas esta noche.

—Bueno, mi amor, elegí vos. Yo vuelvo del grupo como a las 8.

Pudo sentir la preocupación de Ana por su limbo, estaba tan atenta a sus estados... Le gustaba esa historia de quedarse juntas de programa. Era distinto. Cuando Mauricio no estaba se volvía cosa de mujeres pero hoy prefería que hubiera una película de por medio, no tenía muchas ganas de hablar, necesitaba que las historias se le ordenaran en silencio. Era claro que lo que tenía con Juan José no sería una relación, era como un paréntesis de magia, una respiración largamente contenida que integraba con armonía el universo, una de esas cosas que a pesar de ser carnales propiamente, eran cósmicas y no creaban lazos de esos que atan sino de los que liberan surcando el aire. ¿Quién lo entendería? Sólo aquel que hubiera tenido la gracia de vivir algo parecido. Tampoco había necesidad de intentar explicárselo a nadie. A Mauricio sin duda no en este momento, y esto no lo desplazaba de ningún sitio, casi lo afirmaba en ese insustituible lugar que tenía como marido, como piedra angular, como eterno fiel de la balanza. ¿Tendría él alguien que también le completara el alma? ¿Alguien con quien el diálogo brotara chispeante y fervoroso desde esa inmensa libertad de no ser para el otro nada más que alguien muy importante, sin título ni relación definible? Quizás sí, y quizás también eso le diera esa magnífica capacidad de centramiento, de amor generoso y abarcante, sin ansiedades ni presiones. ¿O sería que esta suposición le calmaba esa fracción de la conciencia en la que le pinchaba la que hoy sentía como necesidad de no contarle? Ahí sí lo estaba dejando afuera, pero sólo de la información, no de la vivencia, ése era el sueño, todos en ese su mismo cuerpo, toda la historia entrañada y entramada. ¿Y dónde más que en el cuerpo? ¿Dónde más se podrían expresar las vivencias si es éste el único soporte que tenemos?

Al salir de la quimio la sonrisa se le borró con la arcada de la nausea, sintió el vómito subiéndole como una erupción caliente y ácida. Corrió casi hasta el baño y sintió la transpiración fría bajando por la nuca, las manos húmedas, el pecho rígido por el espasmo, ya va a pasar pensó, todo pasa; y se aferró a los bordes del inodoro para aguantar el mareo. El frío de la loza le hizo bien, que salga, que salga todo, que no me quede nada, así, agachada sobre la taza, temblorosa y jadeante se le representó su madre; a ella en ese momento le daba lástima y enojo e impotencia, ahora, siendo ella la que estaba ahí largando el alma, sintió que era una bendición poder hacerlo, si estaba vomitando aún estaba viva, aún podía vomitar y eso pasaba. ¡Ay mamá! no pude verlo, ahora entiendo cuando me decías —quiero hacerlo, aunque me duela, aunque vomite, aunque se me caiga el pelo, aunque me quemen, quiero hacerlo—. Ahora entiendo, antes te tenía lástima, me parecía indigno, me indignaba... me tenía lástima.

Al salir del baño me esperaba Mario comiéndose la pena. A él quizás también se le represente mamá y se tenga lástima.

—No te preocupés, ya pasa, es sólo un rato —Mario, mi hermanito querido, ahora no tengo fuerzas pero creo que nos debemos esta charla, nunca pudimos, ahora quiero dormir, estoy cansada, después hablamos de esto que nos pasa.

Cuando entré a su cuarto me impresionó verla tan entera y tan chiquita, el día anterior cuando volvíamos de la quimio sentí que iba a desarmarse, que no le iba a quedar fuerza para resistir el espasmo, las ojeras casi azules, los ojos huecos y agrandados en un intento de hacer entrar el aire, como si pudieran ayudar a respirar o a empujar el vómito, y yo pensaba, ya basta, ya basta, para qué sufrir tanto, la llevé casi alzada hasta la cama y la sentí chiquita, disminuida, desarmada, escabulléndose entre mis brazos, apenas la acostamos, le pedí a Denisse que se quedara, yo ya no podía y llorando de bronca y de lástima salí casi corriendo. Denisse me llamó después a casa para decirme que estaba bien, que se había dormido, que me quedara tranquila, y yo pensé ¿tranquila? Es una mierda eso, yo prefiero morirme de una vez, no en capas.

Hoy no hay rastros de las ojeras de ayer, sí un poco pálida pero así, mirando a la ventana, derecha, viva, con esa sonrisa para adentro, está tan absorta que ni se ha dado cuenta de mi entrada, eso creo porque ahí nomás sin sacar los ojos del otoño a través de la ventana, me dice:

—Hola, hijita, ¿cómo estás? ¿Has visto la belleza de esa enredadera? Es el esplendor antes de la caída, cada día me gusta más el otoño.

Y yo siento que se me revuelve todo y busco algo para sacarla del pensamiento de la muerte y del otoño y empiezo a odiar las hojas cuando se caen y a las hojas que antes sentía maravillosamente rojas las siento como manchas de sangre, despiadadas, escupidas de la muerte, y me espantan y no entiendo que se ría, con lo que duele toda esta mierda, y le viene la tos y corro a ayudarla sintiendo que la sangre me galopa de rabia, y ella respira por la nariz hasta que se le calma y en el medio, sonríe, cuando ya está pasando y me dice,

—No te preocupes, ya pasa, no es nada.

A mí no me salen las palabras, sólo me saldría una flor de puteada con un ¿por qué? grande como toda la casa, entonces haciendo un esfuerzo casi sobrehumano le digo

—Te traje el CD de Vivaldi , ¿te lo pongo?

Y ella me mira encantada diciéndome —Qué bueno, sí, gracias. Qué suerte que te acordaste, es especial para esta mañana.

Y yo pongo la música bien fuerte para no tener que hablar y la sigo mirando; ella, inocente y contenta y yo que no puedo con mi alma.

Miro el pañuelo que dejó en la mesa y sólo veo las pequeñas manchas coloradas, rojas, y rezo para que se acabe antes de la asfixia, para que el corazón se le pare, para que no sufra. Ella sigue transportada, por el verano de Vivaldi al otoño detrás de la ventana.

La llegada de Mauricio la alegró profundamente y sentir que la alegría era la misma, o aún más intensa que otras veces; que la cotidianeidad y el conocimiento la llenaban de paz y de esa cosa segura de lo de siempre, le alejó el fantasma de una posible distancia en el alma después de su experiencia con Juan José. ¡¡Qué increíble lo que una puede ir transformándose!! Nunca hubiera pensado antes que podría tranquilamente y sin ningún remordimiento alegrarse de ese encuentro maravilloso y único, mientras estaba amorosa y confiadamente acurrucada en los brazos de Mauricio sintiendo que no tenía nada que ver una cosa con la otra y que en la vida esto era maravillosamente complementario y que no se sentía ni desleal, ni engañera, hasta sentía que se lo estaba haciendo sentir, con el alma. Hoy volvía a elegirlo como marido, como hombre, como amigo, como amante, como padre de su Ana, y sin embargo eso no quitaba ese único y especial vínculo que se había creado, no ahora, sino desde que lo conoció, con Juan José. Y gracias a Dios para él era lo mismo, ese además que no compite con nada ni con nadie, ese además que tampoco podría ser lo central alrededor de lo cual se orquestan los demás vínculos y hechos, ese además, que es eso, un plus que ordena y ratifica, que abre los ojos a lo que está cerca y está lejos, quizás era Juan José ese enviado del padre que aparecía en el sueño apartándola de la tumba, indicándole la luz, él le había dado esa oportunidad maravillosa de tener las palabras de su padre, ésas que siempre había esperado oír aunque las supiera, o las sintiera.

A Mauricio lo encontró cansado, necesitado de hogar, de mimos y estuvo dispuesta a dárselos y arregló sus horarios, turnos y compromisos y le propuso que largara todo dos días y que se fueran al campo, una escapada, un tiempo para ellos lejos de las rutinas. El lo recibió con sorpresa y alegría y no dudó un instante, arregló sus asuntos sin tardanza y propuso el mar, sin nadie, mejor un hotel o una posada, la quería toda para él, sin Serafina, sin Manuel, sin los peones y sin las conocidas historias antiguas.

A veces siento que se me borra el mundo de afuera, aunque lo viva a cada segundo. Tiene más peso mi vivencia, y hay cosas que sólo vivo en el momento intensamente y después se meten en algún lado que no sé cuál es, pero no necesito nombrármelas, y hay otras que me vienen como en cataratas alborotadas, simultaneas sin respeto alguno por los tiempos de ocurrencia y se me hacen todas un solo tiempo, el de mi pensamiento, el de mi sentimiento, el de mi recuerdo desordenado en cronología pero siento que con un profundísimo orden interno son como rompecabezas donde las piezas van encajando sin esfuerzo, van haciéndose lugar unas a otras y caen como fichas de dominó, arrastrando la corriente y sin embargo no estoy ajena a nada, aunque esté tan adentro.

Es como esto de Juan José y Mauricio en mí, no hay duplicidad, ni contradicción, ni se superponen ni se desplazan, es tan extraño y tan natural al mismo tiempo... y como los kilos que se me van y el pelo que cada vez está más ralo y sin embargo estoy tan viva y tan llena... que ni siquiera tengo apuro y disfruto hasta del cansancio, o hasta cuando me agito o toso fiero, digo: ¡todavía! ¡Y lo experimento y me baño en los puedo! Ayer en la reunión me encontré diciendo sin querer algo parecido a esto, Mariana que estaba tristona por la partida de Angel, un chico de treinta que según él decía"la peleaba duro", empezó a sonreír. Les conté de mis planes de escaparme con Mauricio al mar, ¡¡es tan lindo cuando la gente se prende con la alegría de los otros!! Era como si ellos también se fueran a sus propias lunas de miel... Espero que Mauricio pueda hablar un poco más de lo que siente, hace tanto por protegerme que se traga todo, también a él lo tiene un poco extrañado mi actitud, pero creo que la disfruta. Gracias a Dios que no deja por nada sus juntadas con Mario, ahí sé que hablan de los que les pasa conmigo y de mí, ah ese hermano mío, ¡¡tan dulce!! No deja de hablar o pasar ni un día, ¡¡y además con Ana es una maravilla! La vueltea, la invita, creo que hasta ese diseño que le pidió del rancho fue para tenerla más cerca, gracias hermanito, con vos siempre nos hemos entendido sin demasiadas palabras.

Tengo que llamarla a María Luz, ya van dos veces seguidas que la dejo colgada, esa es otra que no me pierde pisada y ha sido de tanto apoyo...

Ayer vi unas lámparas que me encantaron para cambiar las del living, le voy a pedir a Ana que me acompañe a verlas y si le gustan las traigo ahí nomás. Siento que necesito cambiar algo también en la casa, y ésas van a quedar bien y cambia todo si cambia el ángulo y el color de la luz, todo se ve distinto. Creo que además voy a sacar un poco de adornos y voy a poner más plantas, necesito más cosas vivas a mi alrededor, ver la transformación, la fuerza, el riesgo, sí, también voy a poner unas macetas con flores, me encanta verlas abrirse, lucir su esplendor y después con tanta naturalidad secarse o dejar caer sus pétalos sin ninguna alharaca, sí voy a llenar de violetas el espacio debajo del espejo y también voy a poner una en el cuarto. A Mauricio por ahí no le gusta tanto el tema de las plantas en el dormitorio por el tema del oxígeno, dice que su mamá siempre le decía que las plantas en los dormitorios robaban el aire, pero bueno, a mí me lo está robando no una planta sino un cáncer y la verdad es que prefiero que me lo roben con la belleza de una violeta, bueno, como si hubiera esa opción, pero va a entender, la voy a poner más cerca de mi lado, me vuelve la expresión de Gerardo el otro día, era tal su alegría al ver los resultados de la resonancia. ¿Te das cuenta? me decía ¡¡y vos que no te querías operar!! Y parece nomás que las cosas van mejor de lo que esperábamos... yo ya no quiero saber muchos detalles, me siento mejor y no quiero guiarme tanto por los números y los resultados de los análisis, ese delicado cálculo del equilibrio se los dejo a ellos. ¡¡No puedo creer que yo esté pensando así!! ¡¡Yo, doña control!! Y me sale... Ayer vino Inés a verme y me encontró "regia" como dice ella, me dijo que le había hablado Mechi y que quería verme, hace tanto que no la veo... cuando vuelva la voy a llamar para que nos juntemos, dice Inés que sigue igual, que hasta sigue manteniendo ese ligero toque de envidia que le sale en ingeniosas ironías poéticas, me han dado ganas de oírla, ¿seguirá en contacto con Pablo? Cuando terminamos él refugió su soledad en su amistad con ella, después él se fue a vivir a México pero siguieron en contacto, parece mentira, yo nunca más lo vi después de eso.

Cuando miró su reflejo en la puerta ventana le impresionó su flacura, no tuvo tiempo de decir nada, Mauricio la abrazó de atrás cubriendo su cuerpo con su cuerpo de oso feliz de estar ahí, el mar sonaba parejo y misterioso. —Qué lindo ¿no? dijo besándome la cabeza con ternura mientras me apretaba contra él hamacándome. Pude sentir su cansancio y su alivio, su preocupación y su alegría, su calor y su ternura y me quedé allí, apoyada en su pecho, envuelta en su abrazo, disfrutando de esa cosa segura, protectora, silenciosa que tenía con él, mirábamos el mar que era una fiesta y nos movíamos casi imperceptiblemente, siguiendo el vaivén de las olas, no cabía ni una palabra en esa magia de esplendor y disolución. Giré mi cabeza hacia arriba y vi su mirada lejos, penetrando el horizonte, seguí girando mi cuerpo dentro del diámetro de sus brazos y con un beso profundo pude traerlo hasta dentro de mí, y el se convirtió en todo mi horizonte y yo ocupé todo el suyo.

—¿A dónde te vas cuando me mirás así? Le pregunté despacito dentro de su abrazo todavía.

—A donde me quieras llevar —me contestó con una sonrisa que en realidad tanto como la frase, encubría sus sentimientos, al menos en parte.

—¿Y eso dónde queda hoy? Le pregunté siguiendo el juego.

—Muy cerca del paraíso... y del infierno... a juzgar por el calor que me provoca.

—No me diga señor que ahora también tengo algo de demonio.

—Y de ángel, como Lucifer, pero eso no es nuevo, ¡¡estás tan linda!!

—¿Aunque esté más flaca que un espárrago?

—O que un perejil como dice Serafina. El otro día me dijo que te llevara para allá, que en unos días a mimo y mazamorra ella te ponía a punto caramelo. Manuel no podía con la risa, si la vieras cómo se había puesto... Ya van a ver cómo se compone la niña conmigo, seguía diciendo y cada vez está más chiquitita, la vejez le ha disminuido el tamaño pero no la fuerza.

La mención de Serafina nos volvió al principio de la historia, y también nos abrió la puerta para hablar de esto de hoy, del temor, de lo que le costaba irse, de la alegría de verme repuntando, de lo que le había dicho Gerardo, de sus conversaciones con Ana, y apareció ahí lo del accidente de sus padres, nunca había hablado antes así de eso, hilando imágenes del choque, del sanatorio, y yo que no estaba, me había ido a París a verlo a Mario, llegué para el entierro, del miedo que tuvo de que también a nosotras nos pasara algo, del alivio que sintió cuando nos vio llegar sanas y salvas, y que él se juró que no permitiría que nos pasara nada y que ahora él no podía hacer nada con esto.

Ay mi Mauricio, ¡¡cuánto dolor guardado!! Y yo sólo puedo abrazarte y decirte ahora estoy aquí, ahora estoy aquí, ¿por qué será que con vos se me acaban las palabras o no me alcanzan? sólo me queda el cuerpo... con vos siempre pongo el cuerpo ¿ a vos te alcanza?

La imagen del cura con la hostia delante de su boca, blanca, redonda, misteriosa. ¿Qué iba a pasar cuando la tomara? ¿Podría mantenerse parada sosteniendo su vestido blanco y su velo de Virgen María? ¡¡Se imaginaba que sería tan fuerte eso de la comunión!! ¡¡Se había preparado tanto!! ¡¡¡Era tomarlo a Cristo, en realidad era recibirlo a Cristo!!! ¿Qué iba a sentir cuando entrara? ¿Iba a poder contener la emoción? ¿Cómo se sentiría que le entrara a una en el cuerpo, el cuerpo y la sangre de Cristo? ¿ y todo eso estaba en esa hostia finita y casi transparente? Le había gustado el sabor cuando habían probado para ensayar, las sin consagrar por supuesto, tenían un sabor como dulzón y se pegaba al paladar si una no juntaba saliva antes, ya veo que se me queda atragantada ¡¡¡y yo aquí con mi vestido y mi velo de virgencita!!! Pero ahora, el padre ponía delante de mis ojos la consagrada, ¡¡estaba a punto de comerme a Cristo en la hostia!! Y todos que me miraban a ver qué me pasaba cuando sacando la lengua despacito, la recibía del cura que me decía "este es el cuerpo y la sangre de Cristo" y yo que digo un amén suspiroso y emocionado, hasta tengo un poquito de miedo, pero estoy también feliz. Y saco la lengua, un poquito solamente, y el cura deposita la hostia y yo que aún sigo sintiendo mi propio amén en los oídos, empiezo a tragar y si bien cierro los ojos solemnemente, no siento que nada me quema, ni puedo sentir ningún cuerpo dentro de mí, y me parece que la hostia tiene el mismo gusto que la del día del ensayo, y yo me siento la misma, y entonces camino hasta mi banco nuevamente y apretando fuerte los ojos y las manos cruzadas empiezo a rezar intensamente. Te pido Diosito que me perdones si no siento lo que dijo la hermana Rosario, yo te juro que quiero recibirte, y te pido por mi mamá y por mi papá a los que quiero mucho y también por mi hermano Mario, y por los abuelos, aunque no los conocí a todos, pero te pido por todos igual y, ay, ahí estoy sintiendo algo... es como si me inundara una presencia transparente, y me dan ganas de sonreírme, y de pronto me siento más grande, y más linda y siento que el vestido es como si se inflara y me siento como caminando sobre nubes, y aprieto más el rosario que me regaló mi madrina, que es de nácar, blanco como la pureza, y abro los ojos lentamente, porque me siento como si estuviera en el cielo y lo veo a papá que se inclina sobre mamá y le dice algo; y yo que creía que todos me estaban mirando a mí, perdoname Diosito eso debe ser pecado de orgullo, como dice la hermana Rosario, ella dice que eso es muy feo y yo no quiero pecar hoy. María Luz sigue con los ojos cerrados, debe estar rezando mucho, bueno, ya está, no me caí y esto es como ser un ángel... y yo me voy a portar bien porque lo tengo a Cristo adentro, no se me vaya a ir. Jesusito te quiero mucho y te agradezco que me hayas venido a visitar, yo te prometo que me voy a portar muy bien y voy a hacer todo lo que te guste y —Podemos irnos en paz —suena la voz del sacerdote y yo abro los ojos y me siento que ya soy grande.

Ahora era cuestión de esperar, había dicho Gerardo después de la última quimio, y de rezar agregué en silencio, como hubiera dicho mamá, y habían cambiado tanto mis formas de rezar... Cuánto hacía que no iba a una misa o no comulgaba, años, y sin embargo Dios andaba bien cerca, o yo de Él. Dijo que de acuerdo a como dieran los controles dentro de un mes, en una de esas había que hacer otra serie, que con los rayos había que seguir hasta completar las sesiones. Decidimos salir a festejar, Mario y Denisse también se sumaron, Ana suspendió su programa y también fue de la partida y hasta Gerardo decidió venir con Celia, el clima era de fiesta y arrancamos directo con champagne, Mauricio estaba exultante, como si fuera definitivo, como si ya estuviera curada, como si la muerte hubiera sido derrotada, yo feliz de estar con todos, chocha de haber terminado, al menos esta etapa, pero algo me parecía irreal, desajustado, no sabía ni bien qué, tomé otra copa de champagne para tratar de ahogar esa insistente inquietud chiquitita que se me trepaba a la garganta, no sirvió de mucho y me serví otra, en una de esas me emborracho y se me olvida. Ana, que nunca toma, ya iba por la segunda copa, y de pronto todos se me movían como en una nube, y las voces me llegaban de lejos, retumbantes en el vacío y me oí reírme fuerte, casi escandalosamente, pero era como si fuera otra porque yo a la vez me oía y me decía ¿y de qué se ríe? ¿Y por qué así?

Después las voces volvieron a sonarme cerca y mi risa paró casi en seco y de pronto se hizo un silencio profundo, largo, que Mario se ocupó de llenar rápidamente con un ¡por mi hermanita! Y todos volvimos a ponernos en situación y levantamos las copas. Había sido como un paréntesis, ¿así sería la muerte? ¿Así verían los muertos a los vivos? ¿Tan de lejos, y tan de cerca? Quería irme, quería dormirme ya, no quería hacer ningún esfuerzo, ningún movimiento, quería ya estar dormida, sentirme caminando en las nubes, sonriente y brillante como cuando tomaba a mi primera comunión.

Mauricio pidió la cuenta y salimos entre las cargadas de rigor sobre mi borrachera y no era sólo el champagne. No, quizás mañana entendería, ahora estaba muy cansada y pasaba del gozo a la inquietud como un sube y baja. Hoy que estábamos celebrando el final de la quimio, yo sentía la muerte rondándome, pero era muy extraño todo, y parecía que nadie se daba cuenta, sólo yo. Hasta sentí un aire helado como un escalofrío cuando subimos al auto, me envolví con más fuerza en la pashmina verde que me había traído Mauricio y me apoyé en el asiento con los ojos cerrados. Ya va a pasar, esto también va a pasar, me dije, ¡Diosito ayudame a ver de qué se trata!

Caí a la cama como una bolsa de papas, pesada, echada, me daba vueltas todo como en una calesita, el alivio, el malestar, la inquietud, la confianza, el champagne, las voces de todos y esa voz chiquitita que asoma desacordando con algo que no sé qué es. Espero dormirme rápido, mañana será otro día, mañana será claro... y él vómito me sube ácido e intento levantarme y estoy lenta, pesada, y trato de dominar la arcada y Mauricio está en el baño y se me mezclan las lágrimas con este líquido oscuro y caliente que me sale en una bocanada y cae sobre la alfombra natural sin que pueda evitarlo.

No hay que cantar victoria antes de tiempo, decía papá sentado a la cabecera de la mesa. No hay que cantar victoria, repetía con voz neutra y yo miraba sin entender de qué estaba hablando, asustada por la gravedad de su expresión no me animaba a decir ni una palabra, mamá no decía nada y miraba hacia una puerta que no reconocí, nunca la había visto antes y no estaba en el comedor de casa. De pronto esa puerta se abrió y entró por ella un aire helado y quejumbroso, me corrió un escalofrío por la espalda, los dos miraban ahora hacia allí y no se veía nada, yo no veía nada y sentía que tampoco podía moverme, estaba como estaqueada en esa silla y de pronto estaba Ana al frente mío y me miraba también asustada y me decía en voz baja, —hacé algo mamá, que se lo llevan, hacé algo —y dos pájaros negros y huesudos empezaron a sobrevolar sobre papá que no hacía nada más que repetir "No hay que cantar victoria antes de tiempo, no hay que cantar victoria antes de tiempo", mientras los pájaros bajaban y le picoteaban la cabeza y el pecho y las manos y nadie hacía nada, y nadie hacía nada.

Sentí el frío de un paño en mi frente, abrí los ojos y

Mauricio estaba allí, llamándome —Beatriz, Beatriz, ya está, ya pasa, ya abrió los ojos... Estoy acostada en mi cama y veo entrar al servicio de emergencia y a Ana que llora apoyada en el marco de la puerta. Miro hacia el piso y en la alfombra está la mancha oscura y ácida.

¿Cómo hiciste con tus hijos Mariana? ¡¡La cara de Ana!! Y yo no puedo hacer nada. Así debo haber estado yo viéndola a mamá cuando ella no me miraba... Cómo le explico que hoy la entiendo, ¿cómo le paso esta fuerza que a mí me está viniendo aunque me descomponga? ¿ Cómo le evito el dolor anticipado de mi muerte? Porque eso es lo que estaba ayer en su mirada, ya estaba doliéndole mi muerte, seguramente el verme desmayada en el piso le anticipó la escena; intenté hablarle, pero para estas cosas no hay palabras, ella sólo me dijo que se había asustado mucho y yo la abracé fuerte y sólo le dije —ahora estoy bien, no te preocupes, es por las drogas de la quimio, no debí tomar champagne, pero ahora estoy bien es sólo una mala curda... no eras vos la que te reías de mi borrachera? Y sonrió, pero los ojos siguieron tristes, oscuros, llenos de un dolor difuso y espeso... Me volvió la imagen del sueño o lo que eso fuera, su tono angustiado diciéndome "se lo llevan, mamá, hacé algo, se lo llevan" y los pájaros negros sobrevolando a su presa y... ¿ qué puedo hacer yo?

Mariana me agarró la mano con fuerza, ella también tenía los ojos llenos de lágrimas y me dijo, sólo contarle lo que te pasa, quizás hablar de lo que te pasó a vos con la enfermedad de tu mamá, no sé, me parece que con ella de esto no se habla, quizás eso ayude, está como espiándote para ver qué sentís ¿no sería mejor contárselo? Así también va a saber que estás mejor, lo que nos pasa no sólo nos pasa a nosotros aunque sea en nuestro cuerpo, en nuestra piel, les toca a todos y a veces los dejamos afuera, y nos ponemos afuera de lo de ellos. No, no me mires así, esto nos pasa a todos, el cáncer es nuestro, los vómitos también y las que podemos morirnos de esto somos nosotras, pero a todos los que nos quieren también les está pasando algo grave y encima ni siquiera saben cuán grave es directamente... y nosotros estamos tan ocupadas en darnos cuenta, en curarnos, en entendernos, en reordenar nuestro mundo de adentro, que ni siquiera percibimos el de afuera más allá de lo que nos toca directamente... Más que nunca el mundo gira alrededor de nuestro ombligo... pedimos oreja, pedimos silencio, pedimos acompañamiento, pensamos en los otros pero muchas veces ni les preguntamos lo que les está pasando con lo que nos pasa... Al menos a mí me pasó eso bastante tiempo, después empecé a verlo es tan fácil sentirnos con las prerrogativas de las víctimas.... y eso es lo que realmente nos victimiza... no la enfermedad, ni siquiera el anticipo de la muerte en puerta... No sé, intentalo, no hay nada que sea sólo nuestro o de otro, todo nos toca y les toca.

Yo sólo la miraba absorta, sentía que había mucho de verdad en eso que estaba diciendo, una se vuelve para adentro y por más que estén los otros ahí firmes adentro nuestro, no podemos ponernos en su piel y nos falta el tiempo de adentro para darles espacio a todos sus sentimientos. Realmente más allá de percibir el susto y la preocupación de Ana, no podría decir cómo mi enfermedad le estaba afectando su vida cotidiana, y me di cuenta cómo una está tan llena de sí que por más que quiera no puede mirar desde el otro, casi ni había podido imaginarme o no me detuve a ello, ni cómo iba su dolor o su bronca, o su miedo, o su despreocupación, o su preocupación o cómo había cambiado su noción del tiempo o cómo se mueven sus recuerdos, cómo se presentan sus pensamientos... yo a gatas voy percibiendo esta danza de los míos, esta acomodación de mi historia, y quizás a mí me pasaba lo mismo con mamá y ella no veía ni mi bronca, ni mi lástima, ni tampoco nunca supo o imaginó cuánto me iba a marcar su decadencia, lo que para mí era perder su dignidad en el sufrimiento, mientras ella estaba quizás disfrutando ese ratito de no estar muerta para vivir y revivir esta maravillosa experiencia de estar viva, este sentir que las cosas pueden modificarse y se transforman y nos sorprenden y que no hay ninguna sentencia escrita e inviolable más que aquélla a la que nos condenemos creyéndola.

Mariana me escuchó sin interrumpirme, aún cuando yo me interrumpiera y dijera en voz alta sólo parte de lo que se me iba pasando por el corazón o la cabeza... ella también ya lo había pasado y conocía algo de estos vericuetos de las historias ente situaciones aparentemente extremas. Nos despedimos conmovidas, cada una de nosotras se quedaba con la canilla abierta y con amenazas de inundación de vivencias. ¿Cómo acomodar esta complejidad de adentro y de afuera? ¿cómo darnos espacio para todos los tiempos que nos inundan simultáneamente y además estar viendo por el presente de los que nos quieren y nos rodean? Todo cambia radicalmente cuando una puede mirar de frente a la muerte, pero eso no se puede explicar... no hay palabras para eso y es sobrecogedor y a la vez simple y una ve que todo se va acomodando de algún modo y a mi me parece que además se nota... Decidí esperarla esa noche a Ana, aunque llegara tarde, quería estar disponible para ella, más bien dormiría una buena siesta así estaba más fuerte y con mejor cara. Estaba un poco floja todavía, total las reuniones que tenía las podía postergar, nadie se moriría, además en el último tiempo todos estaban aprendiendo a organizarse sin que ella estuviera y hasta los grupos estaban andando bien con los que antes eran co-terapeutas, ahora era ella la que podía funcionar así sin problemas. Y si tenía algunas cosas menos en la agenda, era un buen cambio y otros habían ido tomando lugares que antes ella ocupaba y no lo sentía para nada como una pérdida, muy por el contrario era todo un logro.

Me despertó el sonido del teléfono que parecía venido de otro mundo, tan profundamente dormida estaba que me costaba entender; como era jueves, Lucy había salido. Mi hola debe haber sonado a diez almohadas, del otro lado la voz de Juan José me sorprendió con un —¡Cómo duerme mi señora de los ojos iluminados! Ahí nomás me desperté del todo y recuperándome de la sorpresa sentí que me invadía una alegría inmensa, era casi como un baño de luz.

—No te imaginás ¿y estoy soñando o sos vos el que me está llamando? ¿Dónde estás?

—Más lejos de lo que crees, Estoy en Caracas desde el lunes y me dieron ganas de llamarte. ¿Cómo estás?

—Bien, bien y con buenas noticias parece, terminé la quimio por ahora y según Gerardo todo anda milagrosamente bien. Yo, salvo algún vómito por las drogas, mucho mejor y además recontenta y feliz de oírte además. ¿Y vos? ¿cómo has estado?

—Todo bien y con algunas saudades, me has andado rondando los pensamientos y no sabés lo que me alegro de esas noticias. No quería llamarte antes, me han quedado tantas sensaciones dando vuelta...

—A mí también pero a la vez tengo una paz maravillosa, siempre voy a agradecerte esa cosa tan linda que se me da con vos, ¿no sentís que todo se arma como un rompecabezas?

—Más bien siento que a veces se me rompe la cabeza con cosas que no entiendo, a vos entre ellas, pero igual me encanta oírte y más verte... y que me cuentes mis historias y las tuyas...

—Anoche soñé con papá, pero era un sueño horrible y vos no estabas allí, yo era chica y se mezclaba Ana. No me quiero ni acordar, pero aparece, no ves, te lo estoy contando

—Bueno, entonces ahora soñá conmigo, a mi me encantaría... en una de esas me soñas un futuro luminoso que yo desconozco.

—Me lo voy a proponer, no sé si dará resultado, pero puedo intentarlo. De veras, me encanta que me hayas llamado, es lindo oírte, siempre me hacés sonreír.

—¿Qué te pasa? ¿estás triste?

—No, no es tristeza, sólo que por momentos me confundo, pierdo las escalas y siento que voy andando a tientas, pero a todos nos pasa, ¿no? Después el corazón nos orienta, me preocupa un poco Ana, pero bueno, ya pasa ¿y vos? ¿Todo bien?

—Chévere, como dicen por acá.

Y así seguimos tonteando por sólo oírnos hasta que nos despedimos con la naturalidad de un hasta mañana que podía ser cualquier tiempo, no había pautas ni necesidad, sólo alegría.

Y de nuevo no cambiaba nada y a la vez todo se llenaba de una luz cálida y tranquilizadora, ya la imagen del sueño de papá pesaba menos, ni siquiera sabía por qué pero la sola voz de Juan José borraba siempre esa sensación de impotencia ante su padre, a través de él lo recuperaba cálido, alejado de la muerte aunque estuviera muerto, qué extraño esto que estaba pensando, pero le salía así, sentía que venía a rescatarla de una búsqueda infructuosa, de un esfuerzo inútil. ¡¡¡Qué misterio las sensaciones!!! No podía explicarlas, ni quería.

La iglesia estaba repleta, Mauricio la esperaba radiante en el altar y ella, orgullosa y brillante se sentía una reina del brazo de su padre. Estaba segura de que ése era su camino, que ése era su lugar, el sí quiero, le salió firme y sonoro sobre el fondo de un Ave María solemne y emocionante. El de Mauricio fue igualmente firme y convincente. Pudo ver a su madre con los ojos llenos de lágrimas, su padre, sin perder la compostura sin embargo destilaba orgullo. Sus ojos no se encontraron, cuando ella lo miró después de los anillos, él estaba mirando para adentro, quién sabe qué batalla con sus emociones estaría librando.

El órgano arrancó con la marcha nupcial y ellos salieron envueltos en sonrisas con paso firme y relajado, los padres venían atrás, quedaban atrás en el orden de la existencia, eran el respaldo de donde venían, el respaldo que tenían para ir hacia fuera, hacia delante. En el atrio los esperaban los abrazos emocionados de los otros, el primero fue Mario, y Manuel y la vieja Serafina y después su padre, se va mi chiquita dijo en medio del abrazo y vinieron otros brazos y otros besos y eso de pasar de uno a otro, de recibir felicitaciones, bendiciones, buenos deseos, cariño, fuerza, consejos... Todo era maravilloso, luminoso, pleno... Casarse era ser grande, casarse era una apuesta, un misterio y allí estaba ella, feliz de estar en eso.

Cuando Ana llegó la encontró arreglada, contenta, arreglando las plantas que habían comprado juntas y con una lindísima mesa con flores y platos de porcelana. Le había cocinado ese soufflé de queso que tanto le gustaba y que hace años no hacía. Sí, la verdad es que se había ido alejando del hábito de la cocina y preparando el soufflé y la mesa se dio cuenta cuánto tenía de placer para ella esto de ir mezclando, batiendo y ver que todo se convertía en otra cosa en un ratito, la combinación y la magia de algo nuevo que luego iría a desaparecer, placer de por medio, generando otra cosa.

Pudo reírse y conversar y en un momento se le paró el mundo en un silencio largo, pudo percibir su miedo a sacar el tema, la imagen de Mariana se le hizo clara pidiéndole que preguntara, que contara, que saliera de su centro, no pudo hacerlo, la vida estaba siendo elocuente y la muerte o su sombra podía correrse un poco más, igual estaba bailando su danza macabra.

El cielo estaba tan gris como su alma. Cuando llegaron al cementerio las imágenes le bailaban entre la gente que la saludaba. Parecía un sueño pero no, ella había estado en la puerta de terapia cuando el médico salió y dijo: "No pudimos hacer más nada. El infarto fue masivo". Era todo tan extraño, como esto de oír al cura rezando un responso. Mamá se apoya en mi brazo y Mario del otro lado de ella la abraza llorando. Parece un cuento, una película, una broma absurda. Y abrieron el panteón y lo entraron, y lo dejamos allí, y hace frío y yo no puedo llorar.., y yo no puedo llorar y Ana me toma de la mano mientras Mauricio me abraza y yo miro al frente y no entiendo nada. Todo ha sido tan rápido y yo no le he podido decir nada. Empieza a lloviznar y el agua me resbala por la cara. No, no quiero un paraguas, que me moje la lluvia, que me llore el alma.

Y como lloré después ese silencio de lágrimas, parecía que las hubiera juntado durante toda mi existencia y después fue lo de mamá y tampoco hablamos de su muerte, tenía tanta bronca, tanto enojo que no me quedó espacio para preguntarle qué sentía, qué temía, que pensaba... Le cambiaba de tema y le ponía música, quizás ella hubiera querido contarme yo no podía escucharla y ¡¡hoy tampoco puedo escucharla a Ana!! Quizás mañana pueda, con Mauricio es distinto. Él al final me ablanda y yo lo siento fuerte y aunque aún lo dejo afuera, no porque quiera, no. sino porque ... no sé por qué, pero no hay palabras para tantas cosas juntas que se me pasan... puedo abrazarlo o abrazarme y estar ahí y en realidad tampoco me animo a preguntarle mucho qué le pasa, aprovecho el estar viva, el respirar, el reírme, estar en casa, voy a cocinar más seguido.

La ronda comenzó después de la explicación sobre la visión de Hellinger, hablaban de los ordenes del amor, del sistema, de las implicancias, de las exclusiones, del reconocimiento y la valoración y de ocupar cada uno su lugar, de los que murieron pronto, de reconocer lo que es, de constelar, como si fuéramos estrellas, y de alguna manera lo éramos, sí, cada uno iba brillando su luz y titilando por sus caminos, refulgiendo hasta en sus males, destellando luces de distintas claridades y se iban armando formas, dibujos, figuras con nuestros transcurrires, con nuestros vacíos, con lo no nombrado, con lo oculto... había que decir lo que nos pasaba en tres palabras, eso decían. Tres palabras, sí, me alcanzan, no quiero morirme, son tres, sí, pero no, no me alcanzan, no quiero la inmortalidad, sólo un poquito más de plazo... sería no quiero morirme ya, sí, así sería o sería tengo cáncer, pero no, no es eso, ya me toca a mí y bueno digo más de tres y basta, que si no, me paren; ya las voy a haber dicho.

—Me llamo Beatriz y me preocupa mi hija, tengo cáncer y no puedo hablar con ella.

Me sale todo de un tirón y aunque no quiero se me llenan los ojos de lágrimas, y me quedo ahí, atragantada y se me vienen todos los que se me han muerto como en cataratas y se me desacomodan los argumentos y ¿por dónde apareció lo de Ana? Sí, en realidad es lo que más me preocupa. No me puedo sacar la forma en que me miraba el otro día cuando me desperté del desmayo y no puedo preguntarle qué se le pasa por la cabeza, no puedo entrar en lo que le pasa.

—¿Quién quiere trabajar? Dice la terapeuta y yo levanto la mano chiquitito porque se me mezclan las ganas y el miedo y cuando me dicen vení vos, tiemblo entera y me acerco y me siento ahí al lado de ella y todo es como una ráfaga o una nube después y veo lo que va ocurriendo, y lo veo a papá y a mamá acostados en el piso y a alguien que soy yo que quiere irse con ellos, que no puede verlos ahí, acostados en el piso y la mujer dice, no puedo mirarlos, quiero que se paren y dice que tiene frío, y la que es Ana quiere ponerse delante y la terapeuta que dice quién murió pronto antes y yo primero digo nadie y después me acuerdo y digo, mi abuela, la madre de mi mamá murió a los 52, pero yo no la conocí, y la ponen, y la que soy yo la mira y dice que tiene una gran conexión y se sonríen y yo desde mi silla veo y dicen querida abuela ahora te veo y te tomo como mi abuela y me doy como tu nieta y te doy un lugar en mi corazón y te pido que me mires con buenos ojos cuando yo me quedo aquí todavía un poco más, después también yo voy a morir. Gracias por haberme dado a mi mamá. Yo te doy mi honra y honro tu destino.

Y ahora puede mirar a mi mamá y a mi papá acostados y también les da la honra a ellos y a su destino, y llora cuando los mira y después se alivia y mira hacia delante y la que es Ana, la mira y la que soy yo, está firme y le dice ahora me quedo, y la hija, o sea la que es Ana puede correrse y se abrazan y puede ponerse al lado, y la que soy yo, les dice a todos –ahora me quedo todavía un poco más, ahora me quedo todavía un poco más y yo lloro y lloro y se me viene todo encima y la que soy yo está bien y sonríe y ya no tiene frío y tiene a su hija al lado, aliviada y contenta, y ha habido inclinaciones, reverencias, abrazos y atrás quedan acostados los muertos bien muertos, tranquilos, en paz con los vivos que se quedan, han cerrado los ojos y están cómodos cuando los que están vivos se levantan … Yo me quedo con todo eso, y dicen que hay que confiárselo al alma y yo se lo confío, qué mas puedo hacer, y sí, mamá nunca habló mucho de la abuela, y yo tengo 51 y la muerte cerca o no, quién sabe, hoy tengo la vida todavía de mi lado, o yo estoy del lado de ella, es fuerte esto de la honra, y esto de inclinarse y hacer una reverencia, nunca hablamos de honra, y sí de lo injusto de la muerte… ¿de lo injusto? ¿Y qué es lo justo? No hay nada justo o injusto, sólo hay amor, sólo hay dolor y uno anda haciendo equilibrio, y todos viven en nosotros y todo está más allá de uno, más allá, siempre hay más allá de mí y todo cuenta y no hay afuera, no hay afuera, sólo la posibilidad de verlo.

La respiración es cada vez más corta, no es que me agite pero queda arriba, tengo que hacer un esfuerzo para que baje al diafragma, y se va acompasando con mis movimientos, es como desplazarse felinamente, no puedo hacer nada brusco porque allí me molesta y me viene una tosecita que me avisa el límite, todo es cuestión de armonizarlo, de hacer las pausas necesarias para que no se me acabe el aire, el hálito, al espíritu le llamaban el hálito, esa cosa de la inhalación expiración, y así se hablaba de la muerte, "expiró a las tantas horas" y claro es esto del continuo equilibrio entre lo que entra y lo que sale, hasta que no entra más o no sale más porque no hay más ... y el corazón revienta, se para, se asfixia, interrumpe su maravilloso movimiento de bombeo y uno ya no está más acá.¿Está más allá? ¿Más allá de acá?,¿ más allá de donde? Sé que todo está más allá de mí, yo sólo puedo jugar con las fichas que tengo y apuesto. Sí, apuesto a pleno con toda mi respiración cortita, buscando esa armonía que hace que el movimiento no pare, me acomodo, y lo siento al aire repartiéndose por mi cuerpo, llegándome a cada célula, a cada filamento que hace que mi luz está prendida; y entra y sale e inhalo y exhalo y sístole y diástole como decía el cuento de Marcela, sístole-diástole, sístole-diástole, puedo sentir el movimiento, percibo la circulación, la vibración, la sangre llevando ese oxígeno que me mantiene en equilibrio, que me mantiene viva; hago una pausa más larga, y si contengo el aire, algo me presiona, es una molestia, en la espalda, también en el pecho, pero pasa, todo pasa. ¿Hacia dónde? No sé, en qué se transforma, tampoco sé, y no necesito saberlo... sólo voy descubriendo, voy descubriendo, si, voy sacando los velos, las cubiertas, y me va quedando esto refulgente. Debe ser el amor, brilla, es como una luz intensa, como la que había del otro lado del túnel en el sueño, pero está acá, de mi lado, sale de mí y la siento como a mi respiración y me envuelve y me sostiene y hoy me alcanza y me viene una risa mansa y un gozo inmenso no puedo ponerle nombre, ni hace falta. Suena el teléfono y nadie atiende, ya voy, ya voy, hola, ah, Mauricio, ¿cómo estás? Bien, bien, no nada, estaba en el jardín. Nada, pensando creo, dale, te espero. No, Ana hoy viene tarde, tiene práctico, no, mejor comamos aquí, en casa, sí deciles que a las 9 está bien, le digo a Lucy que haga unos panqueques, a Mario le encantan. Bueno, bueno, sí, hay de todo, te espero, un beso.